井川香四郎

桃太郎姫

もんなか紋三捕物帳

実業之日本社

実業之日本社文庫

目次

第一話　桃太郎姫

一

讃岐《さぬき》綾歌藩《あやうたはん》の江戸上屋敷では、毎朝の家臣による若君への挨拶が執り行われていた。

堅苦しい挨拶が嫌いな桃太郎君ではあるが、もう十八歳になる。藩主の松平《まつだいら》讃岐守は還暦をとうに過ぎ、国元にて病に伏せっている。いつ何が起こっても対処できるようにと、江戸家老たちはきちんと藩主としての教育をし直しているところである。

わずか三万石の小藩ではあるが、天守を備えた城持ち大名であり、紀州徳川家《きしゅうとくがわけ》とは親戚にあたる。桃太郎君の母親はすでになくなっているが、八代将軍吉宗《よしむね》のいとこであり、由緒正しき親藩大名であった。

江戸家老の城之内左膳《じょうのうちさぜん》は、威厳と生真面目《きまじめ》が着物を着ているような男で、ふだんの寛《くつろ》ぐような場でも、常に継裃《つぎがみしも》姿でいるような男である。四十半ばの男盛りであるが、綾歌藩の江戸家老として奉公するようになったのは、数年前で、国家老の堀部帯刀《ほりべたてわき》の推挙によるものだった。藩の郡《こおり》奉行や勘定奉行を経ての抜擢《ばってき》であった。

讃岐暮らしが長かったから、江戸の水にはなかなか慣れず、幕府の大目付《おおめつけ》などとのつきあいに戸惑うこともしばしばだが、持ち前の真面目な気性で、なんとか実務をこなしていた。

それに比べて、桃太郎君は江戸で生まれ、江戸で育っている。国元の綾歌藩には、父の参勤交代の折、母親と入れ替えに行ったのが二度だけである。婆《ばあ》やの久《ひさ》枝《え》は讃岐の出ゆえ、瀬戸内《せとうち》の穏やかな海や讃岐富士のような美しい山々の話をよく聞くが、正直、望郷の念を抱くことはない。桃太郎君にとっては、やはり本物の富士山や江戸前の海が、生まれ育った故郷《ふるさと》なのである。

藩主御座之間には、ドッサリと書類の山を置いて、今日為《な》すべきこと、明日やるべきこと、明後日の江戸家老や留守居役との寄合についてのことなどを事細かく教示した。

だが、桃太郎君当人といえば、どこかぼんやりと障子戸の外の景色を眺めてお

り、

「まもなく藤が咲く頃よのう」

などと暢気《のんき》なことを言っている。政事に無関心なわけではないのだが、実務に詳しい城之内たちに任せていたのだ。

「若君。きちんと話を聞いて下され。様々な大切な役儀のことなのですぞ。ここをしっかり乗り越えれば、若年寄《わかどしより》の地位にも就けるやもしれぬのです」

「若年寄……？」

飄然《ひょうぜん》とした顔を向けた桃太郎君は、なかなかの美形で、歌舞伎役者にでもしたいような〝男前〟であった。しかし、病がちな藩主に似たのか、顔はほっそりとして白く、体つきも撫《な》で肩で、武士としての押し出しには欠けていた。とうに元服は過ぎているのに、まだ月代《さかやき》を剃《そ》らず、総髪《そうはつ》で伸ばしたのを束ねただけである。およそ大名の跡取りのなりではない。そういう自覚の足りない姿勢に対しても、城之内は不満だった。

「さようでございますぞ。若君こそが、若年寄に……」

「まったく興味がないな。父上も幕政にはとんと食指が動かなかったとか」

「ですが、我が藩は縁戚とはいえ、徳川一門でございまする。しかも、若君は上様のいとこの嫡子。若君も若年寄におなりになり幕府のために、ご奉公することが、あるべき姿だと思いまする」

「いや、一門だからこそ、幕閣にはせぬであろう。それが祖法だ」

「されど、多くの例外もございます。吉宗公は適材適所を旨としておりますゆえ、たとえ十万石を超える大大名であっても、老中に据えてもよいと考えておる御仁でございまする」

「それはなかろう。とにかく、父上は病弱ゆえ、大変な激務である御公儀の役職は、なんであれ無理だと思う」

「殿の話ではありませぬ。桃太郎君、あなた様がなるのです」

「なに、この桃太郎が？」

「驚くことはありますまい。国家老の堀部様の話では、そろそろ殿にはご隠居願い、若君に執政をとのこと」

「いや、それは……」

「若君は幼少の砌《みぎり》より、四書五経の漢学から、和歌などの国学など学問に優れ、剣術や槍術《そうじゅつ》には非力ゆえ、少々心配ではございまするが筋は素晴らしい――と家中の者から聞いております。いえ、私がご奉公に上がってからでも、上に立つ者としての才覚や資質に心より感服しております」

「こそばゆい。おまえは、そうして堀部にゴマをすって出世をしてきたのか？」

「何をおっしゃいまするやら。私は、ひとえに殿の領民を思う優しい心根と、並々ならぬ大名としての襟を正した生き方に心より打たれ、この身を生涯捧《ささ》げると誓っている者です」

「分かった、分かった……そちが我が藩で一番の忠臣であること、篤と承知しておる」

面倒くさそうに桃太郎君は、また手入れの行き届いた庭を見やったが、城之内は必死に訴え続けた。

「ならば、少しは耳を傾けて下され。よいですかな、若君。もし、若年寄とはいわずとも、寺社奉行や奏者番《そうじゃばん》など大名職に就けば、もっと上様からも愛《め》でられ、かような所に上屋敷を構えずとも済むのです」

「かような所……？」

「はい。本所菊川町《ほんじょきくかわちょう》など、江戸の外も外。一国の大名が住む上屋敷などではありませぬ。御公儀の役職に就けば、少なくとも外濠《そとぼり》の門内には屋敷を拝領できましょう」

「そうか？　生まれ育った、ここが一番、気に入っているがな……それに近くには、津軽弘前藩《つがるひろさき》のような大藩の上屋敷があるし、田安《たやす》様や一橋《ひとつばし》様のお屋敷をはじめ、それこそ老中や若年寄などの武家屋敷も多いではないか」

「下屋敷がほとんどです。しかも、我が藩には、中屋敷はなく、下屋敷は渋谷《しぶや》笄橋《こうがいばし》という僻地《へきち》ですぞ。報《しら》せを取り合うにも何かと不便。本来ならば、内濠の御門内にあってもしかるべき御家柄でして……」

「もうよい、左膳。何故、そこまで屋敷がある所に拘《こだわ》るのか、サッパリ分からぬ」

「苗字《みょうじ》が城之内ですのでな」

「……」

「それだけか」

「大切なことです。私の家は少禄《しょうろく》とはいえ、代々、松平讃岐守に仕えし……」

「もうよい。分かった」

桃太郎君は呆《あき》れ顔で制して、書類にはすべて目を通しておくからと、下がらせた。そして、しばらく紙をめくっていたが、つまらなそうに目を細めて、おもむろに立ち上がり、廊下に出た。

中庭を挟んで、コの字形の渡り廊下の向こうは奥向きになっている。本来なら、上屋敷には女の奉公人はおらず、「役所」としての機能があるだけだが、中屋敷の役目も兼ねているから、奥には女中らが控えていた。

この上屋敷には、〝お局役《つぼね》〟でもある古株の婆やの久枝がいて、何かと桃太郎君の面倒を見ていた。赤ん坊の頃から知っている、まさに乳母だったのである。

ふと見やると、久枝が手招きをしている。若い武家女のように島田髷《しまだまげ》に簪《かんざし》を挿しただけだが、三十六の年増である。女中でありながら、体が大きいせいか貫禄《かんろく》があり、いかにも大名屋敷の奥女中の雰囲気を醸し出している。

桃太郎君は久枝の姿を見ると、ほっとしたように微笑《ほほえ》んで、家臣たちの目を盗むように、渡り廊下を駆けて行った。

表と奥に藩主や嫡子しか入れない控え部屋がある。桃太郎君は入るなり、へたり込むように、

「婆や……まったくもって、表の仕事は疲れるな……いや、もう慣れてはいるものの、別な意味で気疲れする」

愚痴をこぼすと、久枝は同情の目で、まるで自分の子のように愛《いと》おしんだ。

無理もない。桃太郎君の母親は産後の肥立ちが悪く、なんとか子供が一歳にな

るくらいまでは持ったものの、無念にも亡くなってしまった。ゆえに、町人などから時々、貰《もら》い乳などをしながら育てたのだが、その側《そば》でずっと仕えていたのが、久枝だった。

小さい頃より行儀見習いから、次期藩主としての勉学なども含めて、最も近くで面倒を見てきたのである。もちろん、武術や政事については、美濃部兵庫亮《みのべひょうごのすけ》という先の江戸家老が指南していたが、最も桃太郎君が馴染《なじ》んでいたのは久枝である。

実は、久枝は美濃部の娘であった。それゆえ、「あらゆる秘密を守ることにおいて」も、若君の教育係として適任だったのだ。

「若……ここが我慢のしどころですぞ。もう少し頑張れば、適当な婿、いえ、嫁を貰うたことにして、適当な養子縁組でもして、若は身をひけばよろしいかと」

「まさに適当なことを。いやじゃ、いやじゃ。本当にいつまで、こんなことをしなければならないのだ」

「声が大きゅうございます。御家のため、藩のため、どうか、どうか」

「だったら、婆や。いつものとおり……」

急に、桃太郎君の顔が、小さな悪童のような微笑を浮かべて、

「よいな。でないと、何もかもを左膳にぶちまけてしまうぞ」

「それだけは、ご勘弁下され。しかし、こうしょっちゅう町場へ出られては、却《かえ》って左膳様に妙な疑いをかけられます」

「構うものか」

「そうは参りません。私とて、父の命令とはいえ、嫁にもいかず、若君だけのために人生を捧げてきました。ここですべてを壊されてしまっては、亡き父への顔向けもできませぬ。もちろん、国元の殿にもッ」

わずかに鬼の形相になって、桃太郎君を睨《にら》む。久枝にその顔をされると、未《いま》だに背中がゾクッと震えるのだ。小さい頃に、時々、奥の押し入れに閉じ込められて、仕置きをされたが、暗がりの中で見せる久枝の顔は、一級の鬼面であった。

愛情があるからこそ、桃太郎君も、久枝の少々乱暴な教育に耐えていたのだが、さすがに近頃は、反発することも増えた。そのわがままを静めるために、久枝は秘《ひそ》かに、桃太郎君を町場に出していたのだ。

とはいえ、一国の藩主の跡取りが、江戸家老に無断で出かけるわけにはいかぬ。それなりの理由があって、許しをえなければならないし、場合によっては、旗本《はたもと》同様に公儀に届け出をしなければならないこともある。何か厄介事に巻き込まれて、公儀から叱責を受けることを事前に避けるために、「勝手はならぬ」と城之内からは釘《くぎ》を刺されていた。

しかし、仮にも次期藩主である。何もかも家老の言いなりになるつもりなど、桃太郎君にはなかった。

「されば……婆や……」

軽やかに身を翻すと、奥から勝手口に飛ぶように駆け出す桃太郎君を、仕方がないなあという顔で、久枝は追うのだった。

だが、それを見逃す城之内ではなく、廊下の片隅から、

「今日こそは、この手で捕らえて、きつく説教せねばなるまい！」

と目を三角にしていたのだった。

二

深川永代寺門前仲町《ふかがわえいたいじもんぜんなかちょう》の一角には、『雉屋《きじや》』という呉服問屋がある。参道から外れてはいるが、日本橋《にほんばし》にある老舗《しにせ》の出店《でだな》であり、出入りの業者や近所からの客が多くて、よく繁盛していた。

その店の前あたりに、頬被《ほっかむ》りをした桃太郎君と久枝が、まるで親子のように歩いて来ると、ふいに声をかけられた。

「何処《いずこ》へいらっしゃるのです、若」

ハッと振り返ると、そこには城之内が家来の小松崎《こまつざき》とともに立っていた。

「な、なんだ……おまえ、ついて来ておったのか」

「いい加減になされよ、若。ずっと知らぬと思うておりましたか。そのお年で、まだ乳母におんぶして貰うおつもりか」

「……」

「拙者、ご奉公に上がった頃から、藩邸の者の目を盗んで、かような真似《まね》をしているとは思うておりましたが……近頃は、あまりに多過ぎましょう。見過ごすわけには参りませんぞ」

「あいや……参りませんではなくてな、そこの富岡八幡宮《とみがおかはちまんぐう》に参るだけだ」

桃太郎君は頭を掻《か》く仕草をしたが、むしろ久枝の方が毅然《きぜん》としていた。

「これはこれは、ご家老様。仮にも主君を尾行するとは、なんともはしたのうございまするな。国元の殿が聞けば、なんとおっしゃることやら」

「警固のためでござる」

毅然と言い返してから、ズイと顔を近づけて、

「久枝殿……この際、はっきり言うておくが、婆やの分際で、かような不埒《ふらち》なことは金輪際、やめて貰おう。たとえ、先の江戸家老のご息女とはいえ、身共がその気になれば、おぬしをクビにすることとてできる」

「さいですか。立ち話もなんですから、その先にある甘味茶屋にでも参りましょうか」

案内するようにスタスタと進むと、『観月堂』と染め抜かれた暖簾《のれん》をくぐって、店の中に入った。縁台はわずかしかなく、狭い厨房《ちゅうぼう》では職人が饅頭《まんじゅう》を蒸《ふ》かしたり、団子を焼いたりしている。

一番奥まった所には、岡っ引らしき男がひとり座っていて、実に美味《うま》そうに最中《もなか》を頬張っている。

最中は、平安の昔からある宮中の食べ物で、十五夜に味わうものだったというが、〝月餅〟のような白い餅菓子だった。だが、今は米粉を薄焼きにしたもので、餡《あん》を包んでいる。外がパリパリで、中がしっとりした塩梅《あんばい》がたまらないのだ。

ちらりと岡っ引風に目をやった久枝は、わずかだが侮蔑の目を投げかけて、離れた縁台に座って、団子を頼んだ。

途端、岡っ引風が声をかけてきた。

「ここの団子は今ひとつでござんすよ、奥方様」

年の頃は、久枝と同じくらいであろうか。なかなかの美男子で、切れ長の目やスッと通った鼻筋などは、二代目団十郎《だんじゅうろう》を彷彿《ほうふつ》とさせた。芝居小屋などめったに行けない久枝ではあるが、部屋の戸棚にしまってある役者絵を思い出したのだ。

「奥方……あっしの顔に何かついてやすか？」

岡っ引風が言うと、久枝は困惑した目になったが、

「いいえ。私はこの店のみたらし団子は、江戸でも指折りのものだと思いますよ」

と自信を持っていうと、後から桃太郎君とともに入ってきた城之内は、したり顔で、ふたりを座らせながら、

「ほう。久枝殿は、何度も参ってるようだな。若の案内でも買って出てたか」

「シッ――」

指を立てたのは久枝の方だった。軽々しく「若」という言葉を使ったことに注意を促したのだ。すぐに察した城之内は曖昧に返事をしてから、何事もない顔で桃太郎君の隣に座った。

「そちらの若い旦那。頰被りなんかして、団子は食えやせんぜ。第一、窮屈でしょう。どうぞ、楽になさいやし」

岡っ引風が気さくに声をかけると、城之内は落ち着いた声ではあるが、無礼者と叱りつけて、匿《かくま》うように立った。

「これは、余計なことを……へえ。どうも相済みません」

謝っているのか居直っているのか分からない口ぶりで、頰被りから結びに見えている若侍の耳をじっと見てから、岡っ引風は背中を向けた。店の主人が岡っ引風をチラリと見やり、

——厄介な人たちのようですなあ。

と目顔で頷《うなず》いてから、団子の注文を受け、炭火で炙《あぶ》り始めた。甘酸っぱい醬油《しょうゆ》だれの匂いが鼻孔をついてくる。

「……おいしそう」

小さな声を漏らしたのは、桃太郎君であった。その言い草がなんとも女々しい声に聞こえたので、岡っ引風は思わず振り返った。婆やらしい態度で、久枝はさりげなく手拭いを出して、人目を遮るように翳《かざ》した。

おまちどおさまと売り娘《こ》が団子を皿に盛ってきたときである。

富岡八幡宮の境内の方から、ザワザワっと人の声が広がり、同時に、「なんだ、このやろう。やろうってンのか。ぶっ殺すぞ、てめえ！」などと乱暴な声が起こった。

店の表で、桃太郎君を護衛するために立っている小松崎が、思わず腰の刀に手をかけたが、その場は動こうとしなかった。

境内ではまだ騒ぎ声がしている。

「やれるものなら、やってみやがれ。上等だ。腰の刀は飾りか、おう！　悔しかったら、さあ、かかって来ねえか！」

怒声は一方的に起こっている。ならず者が数人いて、取り囲まれているのは、痩せ浪人であった。貧しくて着替えもないのか、薄汚れて継《つ》ぎ接《は》ぎだらけの着物である。痩せ浪人は土下座をして謝っているようだが、ならず者たちは容赦なく蹴込んでいる。

それをチラリと見やった岡っ引風は、名残惜《なごり》しそうに最中を口の中に突っ込むと、

「また喧嘩《けんか》か……神様のいる所で、しょうがねえ奴《やつ》らだな。この罰当たりが」

と言いながらおもむろに立ち上がると、参道を隔てた先の境内に向かって歩き

出した。すると、店の主人が、

「ああ……怪我《けが》をしても、知らねえぞ。可哀想《かわいそう》に」

ぽつりと呟《つぶや》いた。それを不思議そうに見た桃太郎君は、城之内に向かって、

「騒ぎを静めてやりなさい」

と命じた。が、城之内も小松崎も微塵《みじん》たりとも動かなかった。

休みなく浪人を殴る蹴るをしていたならず者に近づきつつ、岡っ引風は声をかけた。

「それ以上やると洒落《しゃれ》にならねえぞ。その辺にしとけ」

「なんだ、てめえは」

ならず者の兄貴格が、いかにも悪辣な顔つきで振り返り、

「余計な口出ししゃあがると、足腰立たねえようにしてやるぞ、おらッ」

「本当に俺を知らねえのか」

「ほざけ」

「てことは余所者《よそもの》だな。俺は、余所者にゃ、ちょいとばかり手厳しいんだ。足腰が立たなくなるのは、そっちだ。悪いことは言わねえ。とっとと帰んな」

岡っ引風が言った途端、ならず者たちは一斉に殴りかかってきた。だが、岡っ

引風は涼しい顔で、一寸で見切って避けながら、あっと言う間に数人のならず者を蹴倒したり、小手投げで決めたりして、ぶっ飛ばした。

ひええッ——ならず者たちは悲鳴を上げながら、地面を転がっている。中には、一瞬にして肘や肩の関節を外された者もいて、情けない声を漏らして這《は》いずっていた。

「……だから、言わんこっちゃない」

店の主人の声を聞きながら、桃太郎君は唖然《あぜん》とその光景を暖簾越しに見ていた。思わず通りに飛び出していた城之内も、感服したように頷いて、

「見事じゃ。おぬし、なかなかやるのう」

と声をかけた。

「よければ、うちで中間《ちゅうげん》でもやらぬか」

「中間……」

「若君の見張り役にしてやる。されば、真っ昼間から、することもなくぶらぶらして、最中なんぞを食うてるより、実のある暮らしができるというもの」

「有り難うございやす。ですが、あっしはこれを預かってやして」

岡っ引風は羽織で隠していた十手を出した。それには朱房《しゅぶさ》がついている。

「――朱房の十手……!?」

本来なら、手柄を重ねた与力や同心が持つものである。

「お、おぬし、まさか……」

「いえ。ただの岡っ引でやす。南町の大岡《おおおか》様より直に預かっておりやして、紋三《もんぞう》と申しやして、すぐそこの参道脇にある〝おかげ横町〟に住んでおります」

「南町の……大岡越前《えちぜん》様か」

「そうでやす。本所深川《ふかがわ》にはふだん、定町廻《じょうまちまわ》りの同心がいないので、あっしらのような者が目を光らせてるんです」

「なるほど、そうだったか……いや、実に見事であった。拙者は、讃岐綾歌藩江戸家老の城之内左膳である。屋敷は、本所菊川町にあるゆえ、何かあったら、いつでも訪ねて参れ。酒くらい馳走《ちそう》してやろう」

城之内がそう言ったとき、なぜか俯《うつぶ》すように座ったままの痩せ浪人が、

――ギラリ。

と目だけを上げた。そして、城之内の顔をほんの一瞬だけ見て、また顔を伏せた。

その浪人の妙な表情を、紋三は見逃さなかった。

だが、城之内はまったく気づく様子はなく、『観月堂』を振り返った目が点になった。店の中にいたはずの桃太郎君と久枝の姿が消えていたからだ。

「あっ……おい、小松崎。ふたりは、どうした。何処へ行った」

「おや!? いや、あれ……!」

裏手に続く奥の扉が開いたままになっている。店内に駆け戻って、通路を裏口まで出てみたが、姿は何処にもない。

「やられた……またしても……久枝め……まったくもってッ」

地団駄を踏む城之内を、紋三は不思議そうに見ていた。

三

桃太郎君と久枝は、呉服問屋『雉屋』の裏手から入り、奥座敷のさらに奥にある狭い小部屋に、隠れるように潜んでいた。

町場に出てきたときには、ここで着替えるようになっているのだ。

いや、桃太郎君が着替えるために、この店ができたといっても過言ではない。先の江戸家老・美濃部が、俳諧仲間だった『雉屋』の主人に頼んで、店を出して貰ったのだ。

もっとも主人の福兵衛《ふくべえ》は隠居しており、日本橋にある本店は長男に任せ、浅草《あさくさ》や両国橋《りょうごくばし》などの幾つかの出店は次男、三男、あるいは暖簾分けした番頭などにやらせている。要するに左団扇《ひだりうちわ》の暮らしぶりで、門前仲町の店も年寄りの道楽でやっているようなものであった。

「婆や……それにしても、先程の岡っ引の腕前は大したものよのう」

羽織袴《はおりはかま》を脱ぎ捨てながら、桃太郎君は笑顔で言った。

「そうでございましたな」

「実に見事だった。それに引き替え、左膳も小松崎も指をくわえて見ているだけ。可哀想な者を目の当たりにして、助けてもやらなんだ。義を見てせざるは勇なきなり。我が家臣として、実に不甲斐《ふがい》ない」

「そこまで言うと可哀想です」

「実際そうだったではないか……それに比べて、あの岡っ引には惚《ほ》れ惚《ぼ》れとした……胸の中がときめいた」

「岡っ引ふぜいに、冗談でも、そんなふうに思うのはおよし下さい。それに
……」

「それに……？」

裾除《よ》け、肌着、長襦袢《ながじゅばん》などを着た桃太郎君に、娘らしい可愛《かわい》らしい花柄の小袖を、久枝は着付けてやりながら、

「ここでは、その言葉遣いは無用かと」

「おお、そうであった……慣れとは怖いものじゃな、婆や」

「仕方がありますまい。それが、若の……いえ、姫は小さい頃から、殿に跡取りがおらぬというだけで、男の子《おのこ》として育てられたのですからねえ……お労《いたわ》しい」

少し涙ぐむ久枝に、〝若〟から〝姫〟と呼び換えられた桃太郎君は、花柄の着物を着せられ、髪を結われ、うっすらと化粧などをさせられて、だんだんと町娘姿になるうちに、

「ほんに、辛《つら》い日々でございました。婆やにも、人に言えぬ苦労をかけてばかり」

「ええ、決して人に言えませぬ」

久枝が涙を拭って微笑みかけたとき、「御免なさいよ」と声があって、少しだけ襖《ふすま》が開いて、入ってよいか尋ねてきた。

すぐに久枝が「どうぞ」と返すと、現れたのは福々しい頬をした恵比寿《えびす》顔の主

人だった。とうに還暦を過ぎている老体だが、食べることと女好きは若い頃から衰えていないので、妙に肌艶がよい。

「城之内様が、その辺りを悲痛なお顔で、うろついてましたぞ。余りにも必死なので、なんだか可哀想なくらいに」

「普段、あまり動かないから、体には丁度、よいでしょう」

久枝が言うと、福兵衛はますます目尻を垂らして笑い、

「でございますな……それにしても、桃姫……近頃は、見るたびに美しゅうなられますな……ご母堂にも、よう似てきました」

「母上のことを……？」

「もちろん、よく存じておりますよ。日本橋の『雉屋』は、お母上・お菊《きく》の方様に儲《もう》けさせて貰ったようなものです。上様のいとこ様ですからな。上物の召し物ばかりを……」

「お陰で、藩の財政は傾きました」

「さ、さようで？」

「冗談でございますよ。上様は、ご存じのとおり、倹約令を出すほどで、自らも粗食と木綿のお着物ですからね。我が藩も、それに倣うしかありませんでした」

「ですな。呉服屋はそれで潰れる所も多かったんですよ、姫」

「でも、おたくはよう頑張りましたね」

「ええ。潰したら、姫の隠れ家もなくなりましょうから」

冗談を交わせるほど、桃太郎君……いや、本当は桃姫なのだが……は福兵衛のことを信頼しきっていた。事実、桃太郎君が実は、女であることを知っているのは、先の江戸家老が亡くなってからは、国元の殿と久枝、そして福兵衛しかいないのだ。

町娘とはいえ、少しばかり裕福な大店の娘という様子である。もし、誰かに名乗らねばならぬときは、『雉屋』の親戚の子で、名は桃香《ももか》にしてある。

髪が短いため、若い娘がよくやる銀杏返《いちょうがえ》しや奴《やっこ》島田は結えず、稚児髷《ちごまげ》とさして変わらぬ桃割れみたいに見えるが、童顔ゆえ妙に似合っている。化粧映えするから、同じ輪郭で白い肌であっても、まったく別人に見える。

店を出るときは、表から堂々と出ることが多いが、誰も不思議に思わない。

「ほら、左膳は見向きもしない」

と桃姫が言ったとき、四つ辻《つじ》の向こうにいた城之内がカッと睨むような目で、怒り肩でズンズン近づいてきた。

思わず桃姫は顔を背けたが、城之内はその隣にいる久枝の面前に突っ立って、

「久枝殿。困るな、実に困る」

「何がでございましょう」

「若君は何処へ行かれた。この大事な折、洒落では済まされぬぞ」

「大事な折……？」

「近々、上様にお目にかかるやもしれぬことは、そなたも知っておろう」

声をぐっと抑えているものの、すぐ近くで見ていた福兵衛の耳にも届いている。

城之内はもちろん、『雉屋』が藩御用達であることは知っているが、声をさらに潜めて、

「何かあったら、身共が腹を切らねばならぬのだ。軽率なことはするなッ。若は
……若君はどこじゃ、おいッ」

「桃太郎君ならば、なんだか興醒《きょうざ》めしたと言って屋敷に帰りました」

「興醒め……？」

「弱い者いじめを目の前にして、助けもしなかった城之内様に。大いに情けない
と嘆かれておりました」

「！……わ、若君がさようなことをッ」

「領民に優しい殿は、強きを挫《くじ》き弱きを助けるお方。その話を知れば、憤懣《ふんまん》やるかたない怒りを覚えるでしょうな」

「ま、待て……それは、まずい……」

自分の評価が下がるという渋い顔である。城之内はチラリと桃姫の顔を見たものの、何も言わずに、

「まずい。それを言われては、まずい……まったく、困った若君じゃ……」

と言いながら、通りにいた小松崎を促して、韋駄天《いだてん》走りで駆け去った。

「──全然、私に気づきませんでしたね」

桃姫が苦笑すると、久枝も半ば呆れた顔で、

「注意して見れば、あるいは……と思うはずなんですけれど」

「だとしたら、女装していると勘違いするかも……うふ」

「それでは、思い切り気分転換といきますかね。実は、私も買いたい物が山ほどあるのです。お屋敷勤めは気詰まりですから」

久枝の方が嬉《うれ》しそうに、門前仲町の参道に向かって歩き出した。

女だけでは物騒だからと、福兵衛はいつものように、手代の兼吉《けんきち》を〝供連れ〟としてつけると言った。商家の娘には、乳母や下女がつくが、武家の中間や小者

のように、手代がつくことも多い。もちろん、兼吉は本当に、店の主人の親戚の娘だと思っている。

「では、ごゆるりと楽しんで来て下され。帰りがけに、うちで馳走をしても構いませんぞ。鰻《うなぎ》でもさばいて待ってますかな」

福兵衛は本当の妻子か親戚の者を送り出すように、微笑みながら手を振った。

門前仲町は、今日も大勢の善男善女で溢《あふ》れており、燦々《さんさん》と日が降り注ぐ薫風の中を、ふたりは供を連れた母子のように、実に楽しそうにぶらりぶらりと歩いて行くのだった。

そんなふたりを――。

通りの茶店の縁台で、茶をすすっている着流しの浪人風の男が、鋭い目で見ていた。おもむろに立ち上がると、なかなかの立派な体軀《たいく》で、練達な武芸者に見える。

「ふむ……」

短い溜《た》め息《いき》をついた浪人風は、獲物でも見つけたように後を尾け始めた。

四

本所深川、大横川《おおよこがわ》沿いにある大番屋は、〝鞘《さや》番所〟と呼ばれている。咎人《とがにん》と疑われた者たちを留めておく牢屋敷《ろうやしき》が、鞘のように細長いからである。

その吟味部屋で、紋三は、先刻、助けたばかりの痩せ浪人に話を聞いていた。

だが、紋三のことが怖いのか、元々無口なのか、あまり話をしない。それどころか、身分も名乗らないのだ。

「そうやって、だんまりを続けてると、町方の旦那に引き渡して、お奉行所の方へ行って貰わなきゃならねえよ」

「……」

「おまえさんを殴る蹴るしてた奴らは、この辺りの者じゃなかったが、ちょいと調べたら、浅草の寅五郎《とらごろう》一家の連中だった」

「えっ。そんなにすぐ……？」

分かったのかと意外な目を向ける痩せ浪人に、傍らで、取り調べにつき、書き物をしている大番屋の番人が答えた。

「紋三親分はな、江戸市中に十八人衆と呼ばれる子分がいるんだ。子分と言っても、その地では名の知れた十手捕り縄を預かる親分だ。芝神明《しばしんめい》の伝五郎《でんごろう》、高輪《たかなわ》の万七《まんしち》、愛宕《あたご》の丑松《うしまつ》、白金《しろかね》の金次《きんじ》、番町《ばんちょう》の小太郎《こたろう》、神田《かんだ》の松蔵《まつぞう》、人形町《にんぎょうちょう》の梅若《うめわか》、浅草の伊右衛門《いえもん》、それに……」

「もういいよ」

紋三は遮って、浅草の伊右衛門というのがすぐさま調べたら分かったと伝えた。それほど網の目のように、紋三の探索の手が広がっていることに、瘦せ浪人は驚いていた。

「江戸の者ではなさそうだが、何をしに来たんだい」

「……」

「こうやって調べてるのは、近頃、江戸には浪人が増えて、困ったことをしている輩《やから》が多いから、町奉行所が取り締まることになったからだ。やくざ者の用心棒をして、人を斬る者もいる」

「いや、拙者……」

「そんなふうには見えないが、名乗りもしねえとなると、何か疑わざるを得ない。寅五郎一家の者と揉《も》め事《ごと》でもあったか。用心棒代とか悪さの分け前とか」

「いや……」

両手を正座をした膝に置いて、目を閉じると、「何も言うことはない」と痩せ浪人は静かに言った。

「しょうがねえなあ……」

紋三は傍らの盆に置いてある黄緑色の団子に手を伸ばした。楊枝《ようじ》で突き刺して、ひょいと口に入れると、実に美味《うま》そうに舌の上で転がすように食べた。

「そらまめと白餡で作った団子だ。仄《ほの》かに豆の風味があって、癖になるぞ、ほれ。甘い物を食えば頭が冴《さ》え、嫌なことも忘れる」

皿を差し出したが、浪人は首を横に振るだけであった。

「愛想もなきゃ、物も言わねえ……何を考えて生きてるんだい。腹も減ってるんだろう。人の親切ってなア素直に受けるもんだぜ。蕎麦《そば》や鰻がよきゃ、出前を取ってやろうじゃねえか」

「結構だ」

「武士は食わねど高楊枝ってことかい？」

呆れたように紋三が言って、もうひとつ団子を食べたとき、ぶらりと町方同心が入ってきた。小銀杏《こいちょう》で着流しの黒羽織に雪駄《せった》。いかにも八丁堀《はっちょうぼり》同心のいでたちだが、定町廻りではなく、本所方同心の伊藤洋三郎《いとうようざぶろう》である。

「これは、どうも〝ぶつくさ〟の旦那……」

いつも歩きながら、念仏を唱えるようにぶつぶつ言っているから、そう渾名《あだな》がついていた。世の中や自分の身の上の不平不満を呟いているのだが、本人はあまり気づいていないらしく、その渾名は嫌いだった。

なかなかの偉丈夫だが、背中を丸めているから、町方同心としての威厳はあまりないが、時折見せる鋭い目は、やはり元は定町廻りだった名残だ。捕り物で失敗をして、本所方になったのだ。が、この役職は深川の財政と水害対策などをする民政がほとんどで、伊藤にとっては面白みがない。いつかは、事件探索をする〝三廻り〟に戻りたいと思っている。

「でかしたな、紋三」

入って来るなり、十手で痩せ浪人の肩を押さえつけて、伊藤はいきなり縄をかけた。

「何をなさるんで、伊藤様……？」

「この男は今、江戸を騒がしてる『月夜の雁平《かりへい》』の一味だ」

「ええ？　月夜の雁平……!?」

この大盗賊の名は、歌舞伎役者のように何代も襲名されているらしい。もっとも偽者もいるようだし、そもそも誰も顔を見たことがないから、実態も分からなかった。

「随分と唐突でやすねえ……それに、あっしは、そんな盗賊はいねえと思いやすよ。大体が、芝居じゃあるまいし、盗賊が名乗るってのも変な話でやしょ」

「日本橋や京橋《きょうばし》の大店を三軒ばかり荒らして、幾つもの千両箱を盗んで逃げたのは、紋三、おまえも承知しておろう」

「へえ。それらについちゃ、あっしの子分衆も調べて廻ってるはずですが……当の店の主人らは、こぞって盗みには入られていないと、言ってますが？」

「ダメな子分衆だな。店の者は、賊に逆恨みをされるのを心配して、そんなふうに言ってるのだろうよ」

「そうでやすかねえ……」

「俺は、賊の一味が、本所深川辺りに潜んでいると睨んで、探索をしていたのだ。この辺りは小名木《おなぎ》川、仙台堀《せんだいぼり》川、横十間《よこじっけん》川などの堀川に囲まれた町だからな、川船を使えば勝手気ままに、あちこち逃げることができる」

「しかし、中川《なかがわ》船番所がありやすから、そうそう勝手には……」

中川船番所は若年寄支配の川船改役《かわぶねあらためやく》が担っている番所で、江戸に出入りする荷船を厳重に点検している。浦賀《うらが》が海の番所であるのに対して、川の番所である。川をせき止めるように、東西の出入り口には柵が設けられ、船頭や人足などは番小屋前にある空き地に控えさせられる。何か異変があれば、牢部屋に留められ、川船奉行が直々に取り調べることとなる。

関八州のみならず、信越、常陸《ひたち》、奥州などを結ぶ河川水路から来る船は、この番所を通らねばならない。江戸への物資を運ぶために、最も重要な関所であった。もちろん、「入鉄砲《いりでっぽう》に出女《でおんな》」を厳しく見張るためでもあった。

本所深川界隈《かいわい》は、江戸四宿が江戸の防衛壁になっているのと同じく、大切な要塞のような所であるからこそ、大岡越前は紋三に十手を預け、門前仲町に住まわせているのである。

「伊藤の旦那……もし月夜の雁平が、この辺りに潜んでるなら、あっしがとうに捕まえてると思いやすよ」

「えらく自信たっぷりだな」

「少なくとも、この浪人さんは違う。訳ありには違いありやせんが、盗賊じゃない」

「なんで、そんなことが分かる」

「何千両も盗んだ盗賊の仲間なら、こんなにみすぼらしいなりをしているわけがない。着ている物なんざ、継ぎ接ぎの糸も綻んでて、汗水が染みこんだ汚いもんです」

汚いと言われて、浪人は忸怩《じくじ》たるものがあるのか、首を折って俯《うつむ》いた。

「それに、この浪人さんの指はいかにも不器用そうだ。剣胼胝《けんだこ》もあまりないところを見ると、ろくにヤットウの稽古もしてますまい。さっき連れて来るときに触れましたが、女のような柔らかい手をしている。お城勤めや武家屋敷に勤めていたとしても、作事方のような外廻りではなく、おそらく勘定方《かんじょうがた》とか書方《かきかた》でしょうな」

紋三の洞察に、浪人はドキッとしたような表情をして紋三を見た。伊藤は不満そうに、

「だからといって、現に江戸では盗賊が現れておるのだ。狙われたのは……日本橋の米問屋『備前屋《びぜんや》』、同じく日本橋の米問屋『越後屋《えちごや》』そして、京橋の米問屋『辰巳屋《たつみや》』だ」

「けっこうな大店ばかりですな」

「それぞれ千両箱をひとつずつ盗まれておる。子供程の重さがあるゆえな、そう容易に持ち逃げすることはできぬ。それゆえ、ひとつに絞ったのであろう」

「でしょうな」

「その狙われた店の近くでは、この浪人らしき男の姿が必ず、見つかっておる。ああ、この俺が足を運んで調べたのだ」

と伊藤は、懐から人相書を出して、ほらと見せた。大勢の者に目撃されており、それらをもとに、南町奉行所の絵心のある同心が描いたものである。一日も早く古巣の定町廻りに戻りたいのだろうが、

「旦那……手柄を焦ると、またぞろ前のように失敗して、本所方まで御役御免になりますぜ。気をつけた方が……」

「うるさい。大岡様に目をかけられてるからって、調子に乗るな」

不愉快そうに人相書を、浪人の横に並べて見せて、

「こいつを叩《たた》けば、芋づるを引っこ抜くように、悪党どもを掘り出せるに違いあるまい」

「旦那。乱暴はいけやせんよ。ここは大番屋ではありますが、拷問は禁じ手です」

とはいえ、場合によっては、笞《むち》打ち、石抱かせ、海老《えび》責めに限っては、担当同心に任されている。これらは、牢問《ろうもん》であって、拷問は評定所一座によって許しの出たものでなければ、執り行うことはできない。

「そんなことは百も承知だ。だが、こいつは牢問をしなくても吐くだろうよ。ならず者如《ごと》きを斬り捨てることもできぬ柔な奴だからな。ああ、紋三……おまえが助けたことも、耳にした」

いずれにせよ、身元が分からない限りは、これ以上、調べることが難しかろうと、紋三が思ったときである。

「御免なさいまし」

と声があって、若い町娘が入ってきた。細身だがなかなかの美形で、伊藤は一瞬にして、鼻の下を伸ばした。

「な、なんだ。かような所、綺麗《きれい》な娘さんが来る所ではないが」

「あの、私……門仲の『雉屋』の親戚の娘で、桃香と申します」

桃姫――である。久枝はおらず、ひとりであった。特に用件はないが、紋三がここにいると木戸番に聞いて訪ねてきたという。

「俺に……？」

「はい。先刻、富岡八幡宮の境内で、人を助けたのを見ておりました」

「へえ、そうかい……」

野次馬は大勢いたから、何処で誰が見ていても不思議ではないが、紋三はじっと桃香を見やって、思い出そうとした。岡っ引という仕事柄、一度見た顔はめったに忘れることはない。紋三はまたそれに長《た》けていた。

だが、『観月堂』で最中を食べていたときに、同じ縁台に座っていた頰被りの若侍とは気づいた様子ではなく、

「で、なんで、あっしに？」

と聞き返した。

紋三の目が余りにも澄んでいたせいか、桃香は少し頰を赤らめて、

「あまりにも鮮やかな仕儀だったので、どのようなお方かと……」

「仕儀……」

「あ、いえ……なんと凄《すご》い腕前かと思いました」

「別に見世物じゃありやせんので。『雉屋』のご隠居さんなら、あっしもよく存じ上げておりやすが、若い娘さんが、あまりこんな所に顔を出すもんじゃありませんよ」

と紋三が追い返そうとすると、桃香は伊藤が持っていたのと同じ人相書を見せて、

「この人……見覚えがあります」

そう明瞭な声で言った。

すると、痩せ浪人の方が驚いて、思わず振り返った。だが、まったく知らぬ顔である。短い溜め息をついて、また俯いた。しかし、紋三は何か肝の触れることがあったのか、

「話を聞かせて貰いましょうかねえ」

と桃香を招き入れて、ふたりの顔を見比べた。

「なんだ紋三……おまえは俺の探索にはケチつけといて、こんな小娘には……」

「さあ、こっちへ上がりなさい」

紋三が桃香に座布団まで出してやるので、伊藤は不快な顔になって、

「おいこら、紋三。ここは大番屋だぞ。同心の俺を差し置いて、てめえが主のような顔をするな。聞いてるのか、おい」

と文句を垂れた。

が、紋三は桃香の話を聞こうと思って、じっと目を向けた。桃割れのような髪

に銀簪《かんざし》、薄い化粧に、少しぷっくりとした唇の紅。そして、綺麗な形の耳——。

「おい、紋三……おまえの目は、嫌らしくなってるぞ、こら。変な気を起こすんじゃねえぞ。お光《みつ》よりも、だいぶ年下だろうしよ」

お光とは、紋三の妹で、一廻り以上も年下である。二親は早くに亡くしたから、紋三は、父親代わりに育ててきたのだった。

「さあ、じっくり話を聞こうか」

紋三は水を向けた。

五

「もしや、あなたは……讃岐綾歌藩の方ではありませぬか？」

突然の問いかけに、痩せ浪人は驚いたが、横で聞いている紋三と伊藤も怪訝《けげん》に思った。

傍目《はため》を気にすることなく、桃香は続けて、

「そうですよね」

「……」

「二年ほど前になりますが、讃岐には親戚があるので、金比羅《こんぴら》参りの帰りに立ち寄ったことがあるんです」

桃香は思い出を手繰り寄せるような目になって、改めて痩せ浪人の顔を凝視した。

「間違いないと思います……あのときのお侍さんです」

「あのときの？」

紋三の方が聞き返すと、桃香はコクリと頷いて、しっかりした口調で話し始めた。

「讃岐は雨が少ないので、あちこちに溜め池が作られているとか。でも、私が訪ねた前の年は、何十年に一度の大雨が降って、河川が溢れ、それに加え、溜め池の堤なども決壊して、大変な惨事になりましたね」

「……」

痩せ浪人は驚きながらも、黙って聞いていた。

「その水害によって田畑の作物が育たず、大変なことになったとか。お米も半減したと聞いています。なのに、年貢は例年どおりだと、郡奉行から厳しいお達しがあった。そこで……」

村人たちは窮状を懸命に訴えたが、郡奉行は、それが御定法であるとまったく取り合わず、徴税を断固、強行したのである。追い討ちをかけるように、崖崩れなども起きて、村には死人も出た。

なのに、藩は何の手立ても打ってくれない。元々、貧しい村だから、この際、なくしてしまおうと藩主は考えている——という噂《うわさ》まで広がった。怒り心頭に発した村人たちは、一揆《いっき》を起こす勢いで集まった。

「ですが、庄屋《しょうや》さんの家に集まった村人たちの前で、あなたは必死に宥《なだ》めました」

「このご浪人が、宥めた……ってことは、お役人かい？」

紋三が口を挟むと、桃香ははっきりと頷きながら、熱いまなざしになって、

「そうです。ああ、そうだわ、思い出しました。たしか土居《どい》様。名は喜久蔵《きくぞう》……村人の方々が、何度も何度も口にしてました」

痩せ浪人は名前を呼ばれて、また驚きのあまり、桃香を見やった。実に不思議そうな顔をしているが、もちろん土居と呼ばれた、痩せ浪人の方は、桃香のことなど知らない。

「あのとき——土居様は、『私がなんとかする。一揆なんぞしてしまったら、大

変な罪に問われる。無駄に命を落とすことにもなる。だから、絶対に軽はずみなことはするな』って……そして、その翌日、あなたは藩の御用蔵から米を盗み出して、農民に分け与え、切腹を覚悟で、藩主に訴え出ようとした。そうですよね、土居様」

桃香がじっと見つめると、痩せ浪人はしばらく黙っていたが、

「──たしかに拙者は、綾歌藩の蔵方役人の土居喜久蔵という者です……」

「ええ。こりゃ、ぶったまげたッ」

伊藤が大袈裟《おおげさ》に驚くと、紋三は土居と桃香のふたりを見比べながら、

「桃香さんとやら。おまえさんは、どうして、その場にいたんだい」

「え、それは……親戚の人も、その村の者だから……」

「でも、土居さんとやら。あんたは、この娘さんを覚えてない」

「いたかどうかは……それに、あの時はたしかに必死でした……村人は今にも一揆を起こしそうな雰囲気でしたから」

土居は苦痛に顔を顰《しか》めた。まるで自分が悪いことでもしたように、両肩を落として、

「でも、拙者がそのようなことをしたばっかりに、私だけではなく、庄屋や村人

たちも後で酷《ひど》い目に……」

「嘘《うそ》ですッ」

思わず、桃香は強い口調で言った。

「お殿様は、土居様のことを立派な行いだと褒めたはずです。御用蔵には、そういう時のために蓄えていたのだから、郡奉行が反対をしても、出すべきものだったと……あ、これは後から、親戚の者から聞いた話ですが」

誤魔化すように言う桃香に、紋三はチラリと目を向けたが、土居は項垂《うなだ》れたまま、

「いや。それが……役人のくせに、御用蔵から米を盗んだ罪は大きいと、郡奉行に、処刑されそうになったのだ。それゆえ、百姓たちの手を借りて、妻子とともに逃げた……藩を捨てて逃げたんだ」

「ええ……!?」

まるで自分のことのように情け深い目になる桃香を、紋三は訝《いぶか》しそうに見たが、それよりも今の土居の境遇が気になった。

「改めて訊《き》きますがね、土居さん……それからは国へ帰ってないのかね」

「帰れるわけがない。いつの間にか、蔵役人を殺した咎までついて、凶状持ち扱

いですよ。もちろん身に覚えなんぞない。これは推測にすぎぬが、おそらく拙者に手を貸してくれた蔵役人を、郡奉行が腹いせに始末したんでしょう」

「まさか……それが事実なら、とんでもねえことですぜ」

紋三も遠い藩の出来事ながら、怒りが沸き起こってきた。

「いや、あの郡奉行……草薙図書《くさなぎずしょ》なら、やりかねぬ……それもこれも、拙者が軽率なことをしたばかりに……」

悔し涙が溢れてきたが、縛られたままでは、拭いようもなかった。紋三が言うまでもなく、伊藤は縄を解こうとした。

すると、土居は今までとは打って変わって、険しい声で、

「縄を外すことはないッ」

「――なんだ……?」

「蔵役人は、拙者が殺したようなものだ。それに……月夜の雁平の手先であることは、間違いない」

「な、なんだと!?」

伊藤が驚くと、土居は背中の重い荷物を下ろしたような顔になって、

「もう懲り懲りだ……正直言って、たかが百姓のために、藩法を犯したことを悔

いておる。義憤に駆られてやったことだが、とどのつまり、誰も救えなかった。

誰も、助けてくれなかった……なのに女房と子供まで死なせてしまった。貧しさと病の果てにな……」

終《しま》いの方は声が掠《かす》れていた。

「奥様と子供も……」

痛々しく目を細めて、桃香は土居に近づこうとしたが、紋三が割って入る、

「捨て鉢になって言ってるんじゃないでしょうね、ご浪人さん」

「本当のことだ」

「ならば、なぜ浅草の寅五郎一家の者に……あいつらも盗人《ぬすっと》と関わりがあるんですかい。奴らは仮にも俠客《きょうかく》を気取っている。そりゃ強面《こわもて》で博打《ばくち》だの脅しなどの悪さはやってるが、殺しや盗みをする奴らとも思えねえ」

「……」

「もし、やってたら、俺も黙っちゃいねえが……何か裏がありやすね」

「裏なんぞ……」

「悪いようにはしねえ。正直に何もかも話した方が、いいと思いやすがねえ。追われる身で亡くなった女房子供のためにも」

紋三が諭すように言うと、ほんの一瞬、土居は目を輝かせたが、やはり首を振り、

「生きて帰ってくるわけじゃない。もう、どうでもいいことだ。女房子供が死んでから、俺は心に決めたのだ。他人のことなど、どうでもよい。どうせ咎人で殺されるなら、好き勝手にしようとな」

と吐き捨てるように言った。

伊藤は同情よりも腹が立って、さらにきつく縛り上げ、

「仲間だと白状したからには、月夜の雁平のことを一切合切話して貰うぜ」

と唾を飛ばした。

「その前に、ぶつくさの旦那……あっしが気になってるのは、なぜ日本橋の『備前屋』と『越後屋』に、これまた京橋の『辰巳屋』……って、米問屋ばかり押し入ったか、だ」

それを聞いていた桃香が、首を傾《かし》げながら、

「――『備前屋』に『越後屋』に『辰巳屋』……それって、うちの御用達ばかりじゃないのよ。どういうこと？」

「御用達……？」

紋三が声をかけると、桃香は「なんでもありません」と答えてから、

「とにかく。理由はどうであれ、この土居さんが盗賊の仲間になったなんて思えません。紋三親分。私も何か裏があると思うんです。絶対に、まだお白洲《しらす》なんかにかけないで下さいね。よろしくお願いします」

とピョコンと頭を下げて出て行った。

「な、なんだア……？」

訳が分からない娘だ。可愛らしいけれど、頭がおかしいのではないかと、伊藤はぶつくさ言ってから、

「とにかく、盗みのことを夜通しかかってでも、じっくり調べる。覚悟しな」

と凄みのある声で言った。

土居は生気を失ったように、目も虚《うつ》ろになって、深い溜め息をついた。だが、紋三はふと桃香のことが気になって、〝鞘番所〟の表に出てみた。

すると――。

桃香は、手代の兼吉に伴われて立ち去っていたが、その後を、浪人風の男がゆっくりと尾《つ》けている。

「ちょいと旦那」

声をかけた紋三を振り返ったのは、『雉屋』の近くで、様子を窺《うかが》っていたあの浪人者である。しかし、紋三はよく知った顔だった。

「これは、犬山様《いぬやま》……!?」

思わず声が出たが、浪人は指を立てた。

「もしや、月夜の雁平のことで？」

「いや……」

とだけ言って、犬山と呼ばれた浪人は、桃香をぶらりと追うのであった。

「――犬山様が……あの小娘こそ……やはり、訳ありのようだな」

紋三は目をギラリと輝かせた。

犬山とは実は、大岡の元内与力であった。今も隠密裡《おんみつり》に町場を探索していることを、紋三は承知していたが、お互い信頼している仲だから、その場は黙って見送っていた。

六

綾歌藩江戸家老の城之内左膳が、〝おかげ横町〟の紋三の住まいを訪ねたのは、その翌朝のことだった。

城之内がきちんと名乗ると、妹のお光は丁寧に迎え入れたが、肝心の紋三は南町奉行所に朝一番で出向いたまま、まだ帰ってきていないという。城之内はなぜか焦っている様子で、

「これは……若いお内儀であるな」

「いえ、妹です。よく間違われるのですが、兄がお嫁さんを貰うまでは、面倒見なきゃと思っております」

「しっかりしておるな……あ、そんなことより、南町奉行所には何用で？」

「御用のことはよく知りません。あまり話してくれないのです。探索には、私もちょくちょく首を突っ込むので、余計なことを言うな、女だてらにはしたないとよく叱られます」

屈託のない笑みのお光だが、そう言って肝心な用件については話さぬつもりだった。しかし、城之内からすれば、南町奉行所に出向いたということは、何か重要なことを大岡越前に話したと考えられる。

——紋三は、大岡越前直々の朱房の十手を受けている。

という話は、町の噂でも聞いたし、昨日のならず者の一件で、見て見ぬふりを

したと告げ口されることも気にしていた。

大岡越前といえば、将軍吉宗の腹心中の腹心である。もし、綾歌藩にまつわる不正が将軍の耳に入れば、桃太郎君が謁見できるどころか、下手《へた》をすれば御家取り潰しになると憂慮していた。

「さようか……では、昨日、捕らえられた土居という浪人者は、南町奉行所の牢に……」

「いえ。まだ〝鞘番所〟にいると思いますよ。兄は、その方の無実を訴えるために、奉行所に出向いたのですから」

「無実を訴える……」

不思議そうな顔になる城之内に、お光は明るい顔で、

「はい。兄は岡っ引ですが、『お構いなしに引き戻す』ことが大事だと常々言ってます」

「お構いなしに引き戻す……？」

「十手持ちは咎人を捕らえるのが仕事ですが、一番やってはならないのが、無実の者を誤って捕らえること。そして、できることなら、罪を犯しそうな人には何もさせないで、お構いなしに引き戻すんですって」

「ふむ……紋三って奴は、大したもんだな」

「はい。私の自慢の兄です。でも、そんな兄のことを、門仲の人々の方が、私より慕ってくれてます」

「なるほど。それで得心した」

「はあ？」

「この路地が、なぜ〝おかげ横丁〟と呼ばれているかだ。町が安泰なのは、富岡八幡宮のおかげではなく、紋三という岡っ引のおかげだという噂のことだ」

「あら……嬉しいですが、それは言い過ぎです。やはり、神仏が私たちの暮らしや身を守ってくれていると思いますよ」

お光はまんざらでもない顔で微笑み返したが、城之内はアッと声をあげて、

「それどころではない。土居は〝鞘番所〟にいるのだな」

「はい……」

「邪魔をしたな。紋三には、またいずれ」

と言うと裾をたくし上げ、エッコラサッサと駆け去った。

一見、立派なお武家らしい風格があるのに、なんとも慌ただしい人だと、お光はおかしそうに、口に手を当てて見送るのだった。

城之内が〝鞘番所〟を訪ねたとき、伊藤は手持ち無沙汰で、縛られたままの土居の前に座っていた。

「なんで俺が留守で、紋三が、お奉行直々にお目にかかるんだ。どう考えたって、オカシイだろう。何様なんだ、貴様。俺がこうして本所方を務めているからこそ、深川は安泰なのではないのか。ッタク」

ぶつぶつ言っていて、城之内が入って来たことに気づいていない。番人が声をかけると、まるで厄介払いでもするように振り返ったが、城之内の裃姿を見て、大名の家臣であることはすぐに分かった。

「ご貴殿は……」

と伊藤が声をかけようとする前に、城之内が奥まで乗り込んで、

「土居……土居ではないか。かような目に遭うて、なんとも不憫《ふびん》じゃのう」

抱きしめるような勢いで声をかけた。

土居は一瞬、疑《うたぐ》り深い目になったが、懐かしさなのか、俄《にわか》に瞼《まぶた》が赤くなるほど、城之内のことを凝視して、

「――ご無沙汰しております……」

「江戸に来ておったのなら、なぜすぐに訪ねて来なかったのじゃ」

「私は、藩に追われる身で……国元では大層、可愛がって下さった城之内様にも、合わせる顔などなく……」

「バカを言うな。おぬしほどの逸材をないがしろにするとは、郡奉行の草薙は、まことに許せない奴だ。藩の御用蔵の一件は、身共が江戸に来て後のことゆえ、何も知らなんだが、苦労をかけたな」

「とんでもないことでございます……」

言いかけて、土居は不思議そうに首を傾げた。

「どうして、城之内様がそのことを？」

「若……桃太郎君に命じられたのじゃ。おぬしを助けてやれとな」

「えっ？　なぜ、桃太郎君が拙者のことを……」

「さあ、それはよう知らぬ。ただ、門前仲町の紋三という岡っ引が、おぬしを捕らえたと聞いてな。居ても立ってもいられなかったのじゃ。そこもと……」

城之内は伊藤に声をかけた。

「本所方の同心でござるな。ついては、この者は、讃岐綾歌藩江戸上屋敷にて預かる故、縄を解いてもらいたい」

「いきなり言われましてもね……それに今、南町奉行所にて、この一件につき調べているところです」

「構わぬから、解きなさい」

「そうは参りませぬ。この男、元は藩士かもしれませぬが、浪人については町奉行所が預かること。それに、月夜の雁平という盗賊一味とも関わりがあるかもしれぬので……」

「黙らッしゃい」

威嚇するように城之内は目を凝らした。

「下手に出るのをよいことに、町方同心風情が偉そうになんじゃ！　当藩の藩主は、上様の御一門・松平讃岐守なるぞッ。江戸家老の身共は、藩主がおられぬときは、その全権を任されておる身。従わぬのであれば、そこもとの処遇も含めて、上様直々に言上致す。それでもよいな！」

「……」

「どうじゃ！」

自分よりも身分の低い者には、かなり強引な城之内とみえるが、徳川一門の家老に怒鳴られては、さしもの伊藤も渋々、従わざるを得ない。我ながら情けないとは思ったものの、

「どうぞ。お連れ下さい。されど、これは紋三が扱ってる事案であって、拙者は一切、関わりないので、そう心得下され」

「そんなことは、どっちゃでもよい。連れて帰るぞ、よいなッ」

城之内は念を押すと、自ら脇差を抜いて縄を切り落とした。土居は俄に血流が体中を巡ったのか、ジンジンするところをさすりながら、改めて礼を言った。

不満げな顔をしている伊藤に向かって、土居は深々と頭を下げて、

「盗賊については、また改めて、しかるべきときにお話し致します。仲間だなどといい加減なことを申しましたが、どうかご勘弁下さい。ご迷惑をおかけしました」

「おい……なんだよ、そりゃ。余計、気になるじゃないか」

伊藤は体中に発疹《はっしん》ができたかのように、掻《か》きまくった。

綾歌藩江戸上屋敷──に連れて来られた土居は、御座之間にて、深々と平伏をした。もちろん、目の前にいるのは、白綸子《しろりんず》の羽織姿の桃太郎君である。

若君に会う前に、土居は長年の垢《あか》を落とすように湯浴みし、無精髭《ぶしょうひげ》を剃り、髷も整え、着物も着替えていた。こざっぱりした土居は、浪人姿よりも、若く凛々《りり》しく見えた。

数々の苦労への慰労や、妻子の死を悔やむ言葉をかけられて、土居は緊張しつつ、

「ハハア。有り難きお言葉。胸に染みいります」

と床に額をつけるほど平伏した。しかし、なぜ桃太郎君が、一連のことを知っていたのか、土居には不思議でならなかった。素直に疑問を投げかけると、

「何もおかしいことではなかろう」

「でしょうか……」

「実はたまさか、富岡八幡宮にて、おまえがならず者に殴る蹴るされていたのを、余は近くの店から見ておったのだ」

「……」

「であろう、城之内。おまえも一緒だったよなあ」

「あ、はい――」

「だが、助けることもせず、岡っ引が駆けつけおった。であろう、城之内」

「ええ、まあ……」

気まずそうに顔をそむける城之内を制するように、一瞥《いちべつ》を浴びせて、桃太郎君は淡々と土居に語った。

「実はな、その岡っ引の見立てでは、日本橋や京橋の米問屋には、本当は盗賊なんぞ入ってはいないのではないか……というのだ」

「と申しますと……?」

聞き返したのは、城之内の方だった。だが、土居は真剣なまなざしで、桃太郎君が何を言い出すのか、黙って聞いていた。

「月夜の雁平という賊が入ったのは、『備前屋』『越後屋』そして『辰巳屋』という、いずれも綾歌藩御用の米問屋だ。米問屋に限らず、何軒もの御用達があるのは、どの藩も同じで、何処かに不都合があったときも賄うことができるためだ」

「はい。おっしゃるとおりでございます」

「その三軒の米問屋に、賊は入っておらぬ——というのが、紋三なる岡っ引が、子分衆を使って調べて分かったこと。では、何故、我が藩に関わる米問屋ばかりが、襲われた……という出鱈目《でたらめ》が世を賑《にぎ》わしたか、だ」

聡明《そうめい》な顔の桃太郎君が、ますます賢そうになるのを、土居はじっと見つめていた。城之内も何を言い出すのかと、凝視していると、桃太郎君はニコリと笑って、

「それは、おまえがあることを調べたかったからに他ならぬ」

「——あること……?」

城之内が身を乗り出すと、桃太郎君は頷いて、土居を見据え、

「それは、おぬしが一番知っておろう。おぬし自身が、やったことゆえな」

「……」

「余に隠すことではあるまい。己の信念に基づいてやったことであろうからな。国元の父上も許すのではないか」

詰め寄る桃太郎君の姿が、城之内にはすっかり成長している若者として輝いて見えた。いつもと様子が違うので、戸惑いさえあったが、土居も二年ばかり会っていない間に、随分と大人びたと感服していた。

「恐れながら……いつぞや桃太郎君が国元に来られたときは、まだどことなく頼りなく思え、ご相談も致しませんでしたが、すべて若君にお話ししとう存じます」

「申してみよ」

威儀を正して座り直すと、土居は真顔になって訴えるように、

「実は、私が国元を追われたのは、ただ備蓄米を勝手に、領民に分け与えたがためではありませぬ。そこにあるべき備蓄米が、なかったから驚き、郡奉行の草薙様に話しました。そして、殿に報《しら》せようとしたところ、草薙様は……」

ガラリと態度が変わったという。そして、突然、土居のことを盗人だと断じて、藩法に照らし合わせて、処刑しようとした。だから、妻子と共に逃げたのだ。

「父上は備蓄米を勝手に領民に与えた話を聞いていたが、特にお咎めはなかったらしいぞ」

桃太郎君が言うと、土居は首を振って、

「郡奉行の草薙様の態度が変わったのは、私が米を盗んだからではなく……米蔵にあるはずの備蓄米を、それこそ勝手に横流ししていたのを摑《つか》んだからです」

「なんと……！」

「城之内様……あなたも郡奉行をやられていたから、重々、ご承知と思われますが、郡奉行は領内のすべての村から、米を徴収するのが仕事。それを、どこにどれだけ配分するかは、郡奉行の思惑次第で、勘定奉行は追認するだけです。それゆえ、城之内様のように清廉潔白な御仁がなるべき役職でした」

「いや、儂《わし》はそれほどでも……」

照れる城之内を無視して、桃太郎君は続けて問いかけた。

「草薙が横流ししていたのは、大坂の蔵屋敷。そして、蔵屋敷役人を通じて、我が藩の御用商人の米問屋に送らせた。一見、当たり前のようだが、実は備蓄米分については、上様がお定めになった米会所による値の、半値ほどの値で取り引きし、それはそっくりそのまま、郡奉行の懐に入るようにしていた」

「そうです……要するに、草薙様こそが藩の米を盗んでいたのです」

「そこで、おまえは……」

桃太郎君はシテヤッタリという顔になって、

「江戸の『備前屋』に、大盗賊が押し込んだように見せかけて、町方の探索を呼び込んだ。さすれば、米問屋の者たちが、不正に得た米について、公に漏れることを懸念し、嘘を取り繕うに違いない。騒ぎになればなるほど、疚《やま》しいことがバレてしまうと、色々なことを隠すであろう。そこを糸口にして、草薙の不正を白日の下に晒《さら》そうとした……そうだな」

「は、はい……」

土居は頷いたものの、やはり納得できないような顔で、どうして桃太郎君がそこまで推察できたのか、不思議そうに見やった。

「なに……これも、紋三という岡っ引の考えだ。おまえと夜通し話しているうちに、そう思ったと……今朝方、文を届けてくれた」

「屋敷に……？」

「ああ。富岡八幡宮で、紋三がおまえを捕らえたとき、城之内は『何かあったら、いつでも来い』と言うたそうな」

「あ、ああ……」

「それに、そのとき、城之内が名乗ったときに、おまえはなぜか顔を伏せたと、紋三は言うておった……であろう、城之内。なのに、おまえは気がつかなかった。その折に、よく顔を見てれば、土居も厳しい責めを負わずに済んだかもしれぬのにな」

「め。面目ございませぬ……」

城之内が顔を真っ赤にしながらも、土居に謝る姿を見て、桃太郎君は言った。

「今般の一件、草薙による米の横流しのカラクリが明らかになった暁には……おまえと土居の手柄として、父上に報せておく」

「そのようなことが……」

「できると、紋三は書いておったぞ。そのために今朝から、大岡様と話を詰めておるとか。『観月堂』では、最中ばかり食うておったが、あの紋三という岡っ引、なかなかの者だな」

「はあ……しかし、どうして若は、そこまで、あの岡っ引のことを信頼なさるのです。甘味処でチラリと会っただけでしょうに」

「ま、それは、なんだ……」

桃太郎君は適当に誤魔化してから、

「此度《こたび》のこと手柄にしてやる。もしかしたら、国家老になれるやもしれぬぞ。だから、屋敷から出ることは大目に見ろ。よいな」

と断じて、逃げるように立ち上がった。

困り果てる城之内を、土居はほっとしたように見ていた。

七

今日も——富岡八幡宮の参道や境内をぶらぶらしながら、町娘姿の桃香と久枝は、まるで母子みたいに、ずらり並ぶ出店を冷やかすように逍遥《しょうよう》していた。

その後からは、兼吉が小者のようについて廻っている。

縁日でもないのに、大勢の善男善女で溢れており、手水舎《ちょうずや》の側にある藤棚も紫色の花が咲き乱れ、社殿の前にはおひねりが飛び交っていた。高い杉木立で囲まれているのに、陽光が燦々と差し込んでいて、人々の笑顔も輝いているように見えた。

「ほんに、気持ちがようございますな。姫……」

久枝が声をかけると、桃香は子供がやるような〝玉吹《たまふ》き〟をしながら、

「姫はまずいのではないかえ、姫は」

と言った。〝玉吹き〟とは、シャボン玉のことである。もっとも、この頃は、無患子《むくろじ》の実や芋がら、煙草《たばこ》などを焼いて作った粉を、水に浸した細い竹筒で吹いたものである。歌舞伎踊りの「玉や」のような艶やかなものではなく、まさに子供騙《だま》しであった。

それでも楽しいのであろう。桃香は、

――空やみどり　しゃばん吹かれて夕雲雀《ゆうひばり》。

などと、延宝《えんぽう》年間に出た『洛陽集《らくようしゅう》』の俳諧を繰り返していた。

「商家でも昨今、娘のことは、お姫《ひい》様と呼んでいるよし、桃香姫でもよろしいのではありませんかねえ」

「そんなことより、久枝……あまり、ふたりでベタベタしていると、疑われますぞ……まだ世間にバレてはまずいでしょうに。なんだか、上様にも疑われているような気がしてしょうがありません」

「ど、どうして、そんなことを……」

「ちっとも会うてくれないからです。此度も謁見の儀を延ばされました」

「けれど、年始御参賀で江戸城に登る折は……」

「あれは儀式だけ。遠くから拝謁するだけで、言葉をかけるどころか、顔もろくに見ることができませんからね」

「とにかく……なぜか城之内殿も、外出を大目には見てくれるそうですが、ご身分がご身分ですから、無茶は困りますよ。婆やからは、あまり離れませんようように」


久枝がそう言うと、桃香はまるでからかうように離れていった。それを追う久枝や兼吉の姿を、境内の一角から——犬山が相変わらず、じっと見ていた。

その横に、ふいに紋三が近づいて、

「旦那。一杯、どうです」

「なんだ、紋三か……おまえの一杯は、お汁粉のことだからな、遠慮しておく」

「さいで。この前も、あの娘を尾けてやしたが、何かあるんですかい？」

「いや……そういうわけではないが……」

「ま、犬山の旦那のことだから、大岡様の密命を帯びてのことでしょうがね。おそらく、向こうも気づいてると思いますよ」

「どうしてだ」

「なんとなくです。岡っ引の勘てとこで」

「おまえの勘の鋭さは百も承知だが……そうか、気づかれてはまずいのう」

犬山は吐息で、紋三を振り返り、

「おまえは、あの娘が本当は何者か知っておるのか」

「本当は？　呉服問屋『雉屋』の親戚の娘じゃねえんですかい。たしか、桃香って言ってましたがね」

「どうもよく分からぬのだ。この前も、尾けたのだが、その『雉屋』に入ってから後、何処で何をしていたのか分からぬ。だが、必ず、綾歌藩の若君が『雉屋』を訪ねたときに、あの娘も来ておる」

「ああ……それが何か」

「若君の婆やの久枝とも、あのように仲がよい。もし、縁組の相手だとするなら、大名と町娘では、いかにも釣り合いが悪い」

「大岡様はそんなことを調べさせてるんですかい、犬山様に」

「上様のご親戚にあらせられるからな、間違いない相手と報せるためだ」

「隠密仕事も大変でございますな」

少し突き放したように言う紋三に、犬山は念を押して聞き返した。

「本当に、おまえは何も知らぬのか」

「へえ、何も……」

「しかし、此度は、綾歌藩絡みの米の横流しにつき、盗賊騒ぎも重なったらしいが、特に表沙汰にもならず、始末がついたのは、紋三……おまえのおかげらしいな」

「あっしは何も……」

「浅草の寅五郎一家の者に、盗人の真似事をさせて、金を払わないからと、揉めたらしいではないか」

「へえ。雇われた浪人者を逆にいたぶっていたので、ちょいと寅五郎にも会って、締めてやりやした」

「ほら。やってるじゃねえか……綾歌藩の江戸藩邸とは、大岡様が色々と掛け合ったらしいが……それゆえ、上様もますます綾歌藩の若君の先行きのことが心配らしい。一応、御一門ゆえな」

「何だか知りやせんが、お武家というのは、縁談ひとつでも、なんだかんだと厄介で、悩ましいですな」

「ふむ。おまえも身を固めねば、お光を嫁にも出せぬのではないか？」

ぶらりと歩き始めた犬山を見送って、紋三は踵《きびす》を返すと、そのまま『雉屋』に足を運んだ。折良く、店から出てきた主人の福兵衛に声をかけた。

「ちょいとばかりいいかな、ご隠居」

「紋三親分に呼び止められるなんざ、嬉しいやら、怖いやら」

「怖いはねえだろう。いや、怖いってことは、何か疚しいことがあるんだな」

「ええ。丁度、芸者遊びでもしようかなと出かけようと思ってたところです。親分も一緒に如何《いかが》ですか。町内の年寄りばかりですから、芸者も年増ですが、これはこれで乙なもんですよ」

「酒が飲めねえもんでな」

「さいでしたな」

「ひとつだけ忠告をしておくがな……」

紋三が曰《いわ》くありげな目になると、福兵衛は、訝しげに振り返った。

「なんです。親分にそんなふうに言われると、心の臓に悪いですよ」

「――桃香のことだ」

「ああ。何か、〝鞘番所〟で粗相をしたらしいですな。本人から聞きました」

「そうじゃねえよ。隠していても、いつかは世間の知れるところになる。隠すなら、きちんと隠してた方がいい」

「え、なんの……」

話かと言いかけて、福兵衛は、紋三に嘘は通じぬと思ったのか、

「親分さんは、どうして分かったんです」

「耳だよ」

「――耳……?」

「どんなに変装してもな、人の耳ってのは変えることができねえんだ。逆に、幾らソックリな人間でも、耳だけは似せようがねえ」

「……あ、そうなんで……」

「別に俺は、お武家の事情に口出しはしねえし、誰にも喋《しゃべ》るつもりはねえ。だが、それが藩の存亡に関わるほどのものなら、シッカリとしといた方がいいと思ってな」

穏やかな目で言う紋三だが、福兵衛は今更ながら、身が引き締まったように、

「これは、ご丁寧に……でも、親分。本当に、このことは……」

と言いかけるのへ、「分かってるよ」と頷いた。そして、

「ああ……桃香だけに……『雉屋』に『犬山』まで、くっついてきたってわけか。後は猿だけか。こいつは愉快だ。あの〝若君〟ならば、世の中に巣くう悪い奴ら、鬼退治をやってのけるかもしれねえな」

そう言って妙に納得したように笑った紋三は、初夏の風の吹く空を見上げた。爽やかな日射《ひざ》しが眩《まぶ》しい。

真っ青に澄んだ江戸の空に、紋三は思わず十手を翳した。

第二話　茄子《なす》の花

一

闇夜の中を突っ走る人影があった。

月に照らされて、くっきりと浮かび上がっているその姿は、まだ十歳くらいの男の子供のようだった。頰被《ほっかむ》りをしているので、顔はハッキリと見えないが、太い唇は意志が強そうに結ばれていた。

ベチャベチャと足が泥を弾《はじ》くのは、夕立があったせいだろうか。追う方も逃げる方も、滑らないように必死だった。

「向こうだッ。追え、追え！」

追いかけてきたのは、ならず者風の男が三人で、いかにも人相の悪い連中だった。

すでに町木戸が閉まっている刻限である。自由に往来できないはずだが、子供は猿のように町木戸をヒョイヒョイと乗り越え、屋根に駆け上ると軽快に逃げる。まるで手練《てだ》れの盗《ぬす》っ人《と》だった。

「クソガキめが。さっさと捕まえろ。でねえと、俺たちが痛い目に遭うぞ」

兄貴分が苛立《いらだ》って叫び、三人は路地を抜け、掘割沿いの道を駆けながら、屋根の上の子供の影を追った。

その先は武家屋敷が連なっている。辻番《つじばん》があって、町場よりも遅くまで灯《あか》りがついていた。辻番はおおむね、武家の侍や中間《ちゅうげん》が交代で詰めているから、見とがめられれば、さらに厄介になる。

「やろう……わざと武家屋敷に逃げ込む気だな……急げッ」

声はひそめているものの、兄貴分の怒りは子分たちの尻を叩《たた》くように響いた。

屋根から屋根、塀や火の見櫓《やぐら》などを渡り歩くのは見事としか言うほかなく、まさに盗っ人の修業をした者のようだった。

だが、やはり雨で濡《ぬ》れた屋根が滑りやすくなっていたのか、子供は足袋《たび》を脱いで投げ捨てた。しかし、そこで屋根が途切れていて、その先の屋根まで一間ほどの幅がある。

エイヤ——と勢いをつけて飛んだが、ズルッと滑って落下してしまった。そのとき、足首を痛めたようだ。

「いてて……こんなときに、くそッ」

子供は足を引きずりながらも、懸命に先へ急いだ。

辻番にはまだ灯りがついている。そこへ飛び込めば、なんとか助かるかもしれない。秋風が吹いているというのに、全身から汗を吹き出しながら、辻番まで辿《たど》り着いたが、そこには誰もいなかった。

「いたぞ！　向こうだ！」

一区画ほど離れた所から、ならず者たちがしつこく追いかけてくる。子供は辻番の表にあった梯子《はしご》を抱えると、すぐ近くの武家屋敷の海鼠塀《なまこべい》にかけて、這《は》うように登った。そして、塀の上まで登り切ると、エイッと梯子を路上に投げ倒した。

丁度、真下に、ならず者たちが駆け寄ってきたが、子供は舌をべエッと出して、松の木を伝って屋敷の中に降りたのだった。

この屋敷は――本所菊川町《ほんじょきくかわちょう》にある讃岐綾歌藩《さぬきあやうた》の上屋敷である。

近くには、津軽弘前藩《つがるひろさき》、田安家《たやす》や一橋家《ひとつばし》など徳川御一門の屋敷もある土地柄だが、一歩離れれば、下町情緒豊かな庶民的な町である。この讃岐綾歌藩も徳川家御一門で、藩主・松平《まつだいら》讃岐守の正室、つまり桃太郎君の亡くなった母は、八代将軍吉宗《よしむね》のいとこであった。

今は、藩主は国元にいるが、〝若君〟である桃太郎は江戸生まれの江戸育ちゆえ、田舎《いなか》臭さはなく、チャキチャキの江戸っ子であるが、ふだんは次期藩主として、厳しい暮らしを強いられていた。

しかも、桃太郎君は、実は女である。藩主の松平讃岐守には跡取りがいないから、幕府には男として届けていた。

むろん、このことは藩主や亡くなった母親のお菊《きく》の方、奥女中で乳母の久枝《ひさえ》ら、ほんの一握りの者が知っているだけで、江戸家老の城之内《じょうのうち》左膳《さぜん》すら知らないことだ。だが、時折、勝手に屋敷の外を出歩く桃太郎君の態度や、何処《どこ》か肉付きのよくなった体つきに、微《かす》かな疑念を抱いていた。

さもありなん、十八の娘である。桃太郎君という青年として過ごすには窮屈極まりなかった。とうに元服の儀式は済んでいるのに、前髪から月代《さかやき》にすることもなく、総髪で束ねているだけだから、家老から見れば、なんともだらしなく感じていた。

この夜は、遅くまで、城之内が、小松崎《こまつざき》や高橋《たかはし》など主立った家臣を集めて、間もなく謁見が叶《かな》う上様と桃太郎君の会談について話し合っていた。

「若君が密《ひそ》かに御屋敷から出るなどということでは、幕府からお咎《とが》めがあるやもしれませんぞ……まさに〝危機管理〟が甘いと詰問されればなんとしよう」

小松崎が言うと、高橋が続けた。

「たしかに、側近の我々の責任も問われよう……我々こそが、きつく咎められましょう。くれぐれも、間違いのなきよう」

「うむ……」

城之内には、それ以上に、頭を抱えることがあった。

かねてより、城之内は御一門として、桃太郎君を正式に吉宗と会わせておくことが、藩の安泰だと考えていた。年賀の形式的なものではなく、国元の病気がちな父親に万が一のことがあった折に、すぐさま引き継ぐ態勢を整えておきたかったのだ。

というのは、代々、讃岐綾歌藩の藩主は、奏者番《そうじゃばん》という大事な役職を引き受けるのが慣わしだったからだ。

奏者番とは、大名が将軍に謁見する際に、姓名や官職などを奏上する役目で、有職故実《ゆうそくこじつ》に通じている上に、言葉遣いも流暢《りゅうちょう》でなくては務まらない。それゆえ、一刻も早く、上様にお目にかかり、気に入って貰《もら》わなければならない。

吉宗は会うことを許した。だが、肝心の桃太郎君の方が、少し尻込みしていた。以前は、早くお目通りしたいと願っていたくせに、最近、とみに拒むようになってきたのだ。

「何故でございまするか、ご家老」

小松崎が訊《き》くと、城之内は溜息混《ためいきま》じりに、

「相撲《すもう》を取るのが嫌だというのじゃ……まったく、子供みたいなことを言って困る」

「え、相撲……ですか」

「上様は無類の相撲好きゆえな、初めて会うた若い藩主や跡取りらとは、中奥の庭で組み合うというのだ。しかも、褌《ふんどし》一丁でやられるから、念の入ったことだ」

「なんとも……」

「それが、裸の付き合いだといってな、上様は一度、肌を合わせただけで、その男の器量や度胸が分かるというのじゃ。幕閣を任じられた者の中にも、相手をさせられた者もいるとか」

「上様を相手に、本気で組みかかる者はおりますまいが……」

「それがな、手抜きをしたら信頼できぬ奴《やつ》だと一刀両断。むろん、本当に斬るわけではないが、役職に就けない。逆に言えば、それほど上様は懸命であらせられる。自分で家来を見極めるということだからな」

「たしかに、評判だけを気にして、うまく成り上がってきた者もおりましょうからな。それにしても、相撲とは……やはり紀州の暴れん坊と言われたほど、豪気ですな」

小松崎が苦笑すると、高橋も半ば呆《あき》れて頷《うなず》いて、

「しかし、ご家老……このままでは実にまずいのではありませぬか？　上様の方から望まれているのに、こちらから断っては」

「だからじゃ。何かよい手立てはないものかのう……剣術や弓術の披露なら構わぬが、相撲だけは勘弁してくれと、桃太郎君は譲らぬのだ……たしかに、子供の頃から、柔術はともかく、相撲は嫌がっていたからな」

「では、相撲はないということで、城へ連れて行けば如何《いかが》でしょう。上様にも一応、上申してみては……その場で、どうしても相撲をすると上様が言い出せば、さすがに若君も断ることはできますまい」

「うむ……そうだな……そうしてみるか」

と城之内が唸《うな》ったときである。

ガサガサと庭の植え込みが、獣でも通ったかのように音を立てた。三人とも同時に異変を感じて、膝元の刀を手にした。そして、お互い目を合わせて頷き合い、サッと障子戸を開けると――そこには、頬被りの子供がいた。

盗っ人ですよ、と言わんばかりの姿だ。

「あっ……違います……助けて下せえ……おいら、追われてるんだッ」

子供は哀願したが、ズイと出た小松崎はすぐに抜刀し、切っ先を突きつけ、

「曲者《くせもの》。何処から忍び込んだ」

「ですから……悪い奴に追われてて……表にうろついてるんです」

言い訳じみた返事をした子供だが、突き出された刀が怖かったのか、ヒッと声をあげて奥の方へ逃げ出した。

すると、目の前に桃太郎君が現れて、子供をグイと引き寄せると軽く投げ飛ばした。

ドテッと子供が背中から地面に倒れると、

「お見事！　若君！」

芝居小屋の大向こうから飛んでくるような声を、城之内が発した。同時に、小

松崎と高橋が子供をとらえたが、桃太郎君は頬被りを取られた顔を見るや、

「まだ年端もいかぬ子供ではないか。放してやれ」

「いや、しかし……」

「構わぬ。誰かに追われていると言うておったようだが、怪我《けが》はないか」

優しい眼差《まなざ》しで声をかけた桃太郎君を、子供は目を丸くして見上げた。桃太郎君は女形の役者のように色白の男前で、団子鼻で唇が太くて色黒の自分とは正反対であった。

子供は何となく引け目を感じたように、身を引きながら、

「ありがとうございます……こんな小汚いおいらに情けをかけて下さって……」

と殊勝に肩をすぼめた。

「何があった。有り体に申してみるがよい。できることなら、手助けをしてやるぞ」

桃太郎君が声をかけると、子供は素直に頷いて、

「おいら、松太《しょうた》というケチなやろうでござんす。身よりはおりやせん。生まれたときから独りぼっちで、今日まで物乞い同然の暮らしをしてきやした」

と渡世人の口調を真似《まね》て言った。

「生まれたときから独りということはあるまい。産んだ母親なり、でなければ乳母が乳をくれたからこそ、育ったのではないか」

もっともなことを桃太郎君は返したが、松太と名乗った子供は、真顔のままで、

「かもしれやせんが、おいら、まったく覚えてやせん。よって、旅から旅の旅烏《たびがらす》。取るに足らねえ、しがねえ奴でござんすが、どうかお見知りおきのほど」

「そんな挨拶より、誰に何故、追われてるのだ？」

「はい――それでございますが……」

松太が話し始めようとすると、門前の方で大きな騒ぎ声が起こった。すぐに、中間が駆けつけてきて、怪しい連中が屋敷を覗《のぞ》き込んでいましたと伝えた。

「どうやら、松太とやらの話に嘘《うそ》はなさそうだ。城之内、篤と聞いて、善処してやれ」

桃太郎君が毅然《きぜん》と言うと、城之内はハッと頷いたものの、

「若君……今の投げはまこと見事でございました。ぜひに、その技を上様にも見せつけて差し上げて下され」

「また、その話かッ。くどいぞ」

「されど、国元の殿も……少しくらい親の意見も聞くものですぞ、若……」

「知らん」

臍《へそ》を曲げて踵《きびす》を返すと、桃太郎君は松太の前を風を切るように立ち去った。

――いい匂い……。

思わず見送った松太の目は、感謝で潤んでいた。

二

翌日、桃太郎君はいつものように、奥女中筆頭の久枝と一緒に、城之内の目を盗んで町場に繰り出していた。

これまた、いつものとおり門前仲町《もんぜんなかちょう》の一角にある呉服問屋『雉屋《きじや》』の奥を借りて、若君姿から、町娘の桃香《ももか》に変装した。いや、ひとときに女に戻ったと言う方が正しい。

「日ごと、美しゅうなられますな……」

久枝はまさに我が娘を眺めるように、嬉《うれ》しそうに目を細めた。桃香は、島田に結った髪の簪《かんざし》が揺れるのですら、実に嬉しそうである。大柄で、いかにも大名の別色女《べっしきめ》らしく、薙刀《なぎなた》を持てば似合う久枝だが、やはり心の中は女である。桃香と一緒に屋敷から抜け出すことで、自分も羽を伸ばしていた。

「これはまた一段と綺麗《きれい》になりましたな。胸の膨らみも少し増えて、これでは上屋敷の中でもバレてしまうでしょう」

奥から出てきた『雉屋』の隠居・福兵衛《ふくべえ》が、さりげなく言っただけだが、桃香はプンと頬を膨らませて、

「なんですか。嫌らしい目で……」

と言った。

元々、福の神のような恵比須《えびす》顔だが、笑うと下品に見えなくもない。店を子供らに任せてから、自由に暮らしていた。夢は諸国の遊郭を巡ることだと豪語しているが、江戸を離れる気配はない。それでも、吉原《よしわら》通いは欠かさないというから、かなり色事が好きとみえる。

「嫌らしい目? 私が? 冗談じゃない。申し訳ありませんが、私は隠居の身。桃は固いのよりも、熟してドロドロのが好きでしてな。ええ、丁度、久枝さんなんぞ食べ頃ですな」

「もうッ」

久枝が手刀で福兵衛の首筋を狙って打つ真似をしたが、勢い余って、本当に当

たってしまった。

「あたた……何をしなさる……」

「ご免なさい。ちょっと思いがけず……」

「昨夜、寝違えて痛かったのに、もっとひどくなったではありませんか」

大袈裟《おおげさ》に痛がっているだけだと、久枝と桃香はさして気にもせず、表に出た。

燦々《さんさん》と照りつける陽光は、いくら広くても、気持ちが窮屈な上屋敷とは違って、眩《まぶ》しすぎるくらいだ。

いつものように、富岡八幡宮《とみがおかはちまんぐう》を拝んでから、参道をぶらつき、美味《おい》しい物や甘い物を食べながら、女同士のたわいもない話をするのが、楽しみだった。この日は、路地にある店で近頃、評判だという〝じゃこ天〟を食べて、いつぞや門前仲町の紋三《もんぞう》親分に勧められた最中《もなか》を食べて、ほっと息をついた。

それから、また近所をぶらつき、

「あっ、そうだ……こんなことしてたら、いけないじゃないの」

桃香は突然、思い出したように駆け出そうとした。

実は昨夜、屋敷内に駆け込んできた松太という子供が、何故に追われていたのかを、調べるためだったのだ。

あの後、松太は、城之内たちに、

――小名木川《おなぎ》に面した銀座《ぎんざ》御用屋敷近くで、殺しを見た。

と話したというのだ。

銀座とはいっても、銭を作っている所である。松太の話に信憑性《しんぴょうせい》はないと城之内は断じたが、誰かに追われていたのは事実だから、屋敷内に匿《かくま》っておくように、桃太郎君は命じて、自ら探索に乗り出したというわけだ。

にもかかわらず、屋敷から出て、娘姿に変わってから、すっかり忘れていた。

「婆《ばあ》や、急ぎますよ」

すると通りがかった深川《ふかがわ》不動尊の裏手で、見るからに貧しそうな親子連れが、松の枝に首をかけようとしていた。無理心中をしようとしているのであろうか、母親が眠っている小さな子の首を輪っかにかけようとしている。桃香は思わず、

「やめなさいッ」

と声をかけて駆け寄ろうとすると、それよりも早く疾走してきた浪人者が、刀を抜き払うなり、松の枝に結んでいる縄を斬り落とし、落下してきた幼子を抱きとめた。さらに、半ば自棄《やけ》気味に、首を吊《つ》ろうとした母親を踏み台から抱き下ろした。

その浪人は、犬山勘兵衛《いぬやまかんべえ》であった——南町奉行大岡忠相《おおおかただすけ》の元内与力《うちよりき》である。訳あって浪々の身だが、隠密のような役目を負っており、桃太郎君の動向を探っているのだ。

もっとも、桃香は犬山のことは分からないし、犬山も桃香と桃太郎君が同一人物とは、思ってもいない。

「——ううッ……死なせて下さい……私たちは、もうどうしようもなく……」

と泣き崩れる母親に、目が覚めた幼児が何事かと抱きついた。

「このような可愛《かわい》らしい子を道連れにとは、それでも母親ですかッ。命をなんだと思ってるのです」

厳しく意見する桃香だが、母親は涙ながらに、亭主が残した借金苦のためだと、絶望して泣くばかりであった。

そこへ、今ひとり、駆けつけてきた三十絡みの男がいた。一見、若旦那風だが、どことなく顔に締まりがなく、お人好《ひとよ》しな雰囲気を撒《ま》き散らしている。

「これこれ。そのお嬢さんが言うとおり、命は大切にしないといけませんよ。借金と言ったが幾らだね。これで足りませんかな」

ポンと切餅小判を懐から出して、母親の手に握らせた。母親は何か罠《わな》があるに

違いないと疑う目になったが、若旦那風はニコリと微笑《ほほえ》みかけながら、

「私にとっちゃ端金《はしたがね》だ。気にすることはない。それでも不足ならば、両替商から持ってきて差し上げよう」

「い、いえ……充分すぎます……」

母親が深々と頭を下げると、若旦那風は子供の額に手をあてがった。

「顔が少し赤いが……やはり熱があるようだな。不動尊の裏手に、清庵《せいあん》という町医者がいるから、私からだと言って、見て貰いなさい。なに、薬代はいらん。ああ、私が誰かって……そうでしたな。深川の材木問屋『木曾屋《きそ》』の丑之助《うしのすけ》といえば分かる。ささ、急ぎなさい、急ぎなさい。しかし、二度と変な了見を起こしてはいけませんぞ」

諭すように丑之助が言うと、母親は何度も何度も頭を下げて、子供を抱えたまま立ち去った。見送っていた久枝が、

「運の良い母子連れだ……お不動さんは悪い奴にお灸《きゅう》をすえる神様なのに、人助けもしてくれるんだねえ」

と言うと、丑之助は頷いた。

「ですな……それにしても、ご浪人様も腕がいい。少しでも遅れていたら、危な

いところでしたな。それにも増して、お嬢さんもなかなか機敏でしたな。まさに、あの母子には、いい神様がついていたのでしょうな」

しみじみと言うと、久枝は少しばかり険《けん》のある口調で、

「親切はいいけれど、お金をやればいいってもんじゃないと思いますけどねえ」

「そうですかな？　ふたりの命が助かったのだから、いいじゃないですか」

「でもねえ……」

「だったら、どうするんです？　あのまま放っておけば、また同じことをする。面倒を見るなら、ちゃんと最後まで見るべきでしょ。ねえ、お嬢さん」

丑之助はアッケラカンとそう言ってから、ポンと掌《てのひら》を叩き、

「そうだ。ここで会ったも他生の縁。どうです、みなさん、一緒に河豚《ふぐ》鍋でも」

「河豚鍋……」

「いい店がすぐそこにあるんですよ。さあさあ、参りましょう」

半ば強引に誘うが、犬山は遠慮すると拒んで、さっさと立ち去った。

「おやおや。奇特な方ですなあ。さあ、お連れさん、お引き止め下されや」

「いいえ、あのご浪人は、存じ上げません」

「え……知らない人？」

「はい」

「妙だなあ……だって、あなた方ふたりをじっと尾《つ》けて見てましたから、てっきり用心棒か何かと思ってました」

「尾けてた……？」

薄気味悪そうに顔を見合わせた桃香と久枝は、もう一度、立ち去る浪人を見たが、振り返りもせずに路地に消えた。

「――変ですね……婆や」

「ええ……」

ふたりとも心の中では、もしかして城之内が見張りにつけた者かもしれぬと警戒していた。近頃、桃太郎君の様子がどうもおかしいと勘づいているようだからである。

「じゃあ、三人で参りましょう。まま、いいじゃないですか。人助けしたんですから、精進落としと参りましょう」

「意味が分かりませんが……」

久枝は明らかに、丑之助が可愛い桃香を下心で見ていると睨《にら》んで、強く拒んだ。が、妙に人なつっこくて、それでいて強引な丑之助の調子良さに惹《ひ》かれるように、誘われるままに料理屋へ向かうのであった。

三

皿の模様が綺麗に見える薄作りが、食べきれないほど出された。河豚の皮や毒を抜いた肝などをザク切りにした和《あ》え物《もの》や、天麩羅《てんぷら》などが次々と運ばれてくる。

桃香は酒はほとんど飲めないが、久枝は嫌いではない。

一杯、二杯と杯を重ねていくうちに、日頃の憂さ晴らしに丁度よかったのか、頬が赤くなるにつれ、言葉つきも乱暴になってきて、命令口調になってきた。年下の丑之助に向かって、「おい」だの「こら」だの「注《つ》げ」だのと言い出したのである。しかも、飲み過ぎたのか、うつらうつらと舟を漕《こ》いでいる。

「お上品かと思ってましたが、なんとも大虎だったのですな」

丑之助が呆れ顔になると、桃香も困ったように、

「上屋敷では、こんな姿見たことはないのですがねえ……驚きました」

「──上屋敷……?」

「え？　いえ……か、神谷町《かみやちょう》にある屋敷のことで、ええ……私は、やはり門前仲

町の一角にある呉服問屋『雉屋』の姪《めい》なんです」

「ああ、そうでしたか……うちとは、あまり付き合いはありませんが、ご隠居はたしか、福兵衛さん……へえ、そうでしたか……こりゃ、ちょっとまずかったかな？」

「どうしてです？」

「私が子供の頃のことを知ってるかもしれませんしね。えへへ、少しばかり、やんちゃ小僧でしたもんで……」

照れ隠しで笑って、丑之助は首を竦《すく》めてから、身の上話を始めた。

丑之助は一月程前に、『木曾屋』の主人を辞めて、隠居暮らしを始めたという。『木曾屋』は深川木場でも指折りの材木問屋である。まだ若いのだが、年を取る前に、残りの人生を謳歌《おうか》したいという思いからだった。

「代々続く老舗《しにせ》だから、父親はえらく厳しくてね、寺子屋を終えて、私が十二になったとき、余所《よそ》に奉公に出されたんです。自分の店だと甘えてしまう。外で苦い水を飲んでこそ、立派な商人になれる……出先で二十歳過ぎまで働いて、それからさらに十五年。嫁も貰わず死に物狂いで働いてきたんです」

「……」

「その間に、父親もなくなりましたが、食うに困らぬ小金も貯《た》まった。あとは自分の好き勝手に暮らしたいんですよ……もっとも、店には、何人もの奉公人がいるから、後は番頭に任せて、こっちは勝手気ままに……といきたいところですが、無粋に生きてきたから、遊び方も知らない。金の使い方も知らない。仕事をしなかったら、人生とは退屈なもんですなあ……」

「贅沢《ぜいたく》な悩みでございますこと」

桃香が言うと、目を閉じたまま間《あい》の手を入れて、久枝が続けた。

「そ……そうだよ、丑太郎」

「丑之助です」

「いくら、てめえで稼いだってもさ、父親や祖父《じい》さん、そのまた祖父さんたちが延々と続けた店だから、あんたもいい稼ぎをできたんじゃないかえ、ひっく……ひとりで店を大きくしたような顔をしてからに、そういう輩《やから》は嫌いじゃわいな」

「ですから、店は番頭の仁兵衛《にへえ》に任せてます……今も言ったように、長年、堅物同然の暮らしをしてきたせいで、粋な遊びを知りませんからねえ。どうです、お姐《ねえ》さん……身も心も軽くなる楽しい遊びを教えてくれませんかねえ。できれば、久枝さんじゃなくて、そちらの桃香さん……人生最期の頼みです。私と遊んで下さいませんか」

「ちょ、ちょっと……変なことを言わないで下さいな」

桃香は気味悪げに逃げ腰になると、久枝は庇《かば》うようにムックと起き上がり、

「相手なら私めが……果実は固いのよりも、熟した方が美味しいと、『雉屋』のご隠居も言ってますぞえ」

と言ってから座り、また舟を漕ぎ始めた。

「あ、そうだ。福兵衛さんなら、遊び人の女好きだから、色々と教えてくれるんじゃありませんか、丑之助さん」

押しつけるように桃香が言うと、丑之助は苦笑いをして、

「いやいや。そういう遊びなら、もう散々しました。宵越しの金を持たないで、優雅に遊んで暮らしている奴は沢山いるんで、美味《うま》いもの食って、吉原に繰り出して、見たこともない所へ行ったり、秘密の賭場に入ったりね……」

芝居見物、演芸寄席などの見世物や居酒屋、矢場など、丑之助にとっていずれも別世界のような所で過ごしたという。調子に乗って、茶屋を借り切って、芸者遊びもした。

「しかし、どれも楽しいといえば楽しいのですが、何となく空《むな》しくてね……」

「ええ。何か他人様《ひと》に役立てることはないか。この世に残せることはないかと考えながら歩いていると……」

丑之助は目を爛々《らんらん》と輝かせて桃香を見て、

「あなただッ。そう思ったんだ」

「私……えっと私は……」

もじもじする桃香に、丑之助は笑って首を振りながら、

「変な意味じゃないんだ。考える間もなく人助けをした……あなたのようになりたいと、私は思ったんだ」

「だって、あの親子を助けたのは、丑之助さんの方で……」

「いや。お嬢さんのあのとっさの態度は、いつもそういうことをしているからだ。ただの町娘さんじゃあるまい。きっと何処かの名のある人であろうと思いましてね。人生の最期の最期に、あなたと一緒に世のため人のために尽くそうと思い立ったのです」

「人生最期ってなんですか……それに、私は、他人様の役になど立っておりません。買い被りもいいとこです」

「空しい……」

桃香がキッパリと否定をしたとき、うつらうつらしていた久枝がまた背を伸ばし、

「いいえ、お嬢様は類《たぐ》い希《まれ》なる立派なお方。生まれながらにして正義感に満ち、困っている人を見たら黙っておられぬ慈悲がある。しかも、殿方顔負けの義理や人情を重んじる、立派な御仁であらせられる」

と朗々と言った。

「ほれ、見なさい。あなたのおつきの婆やがこう言っているのですから、間違いない。私は決めましたよ、ええ、まだまだ若いのに、観音様のような慈愛に満ちている桃香さん……あなたと一緒に良きことをしたい」

「ですから、勘違いです。私はただの……」

「ただの何です？　違うでしょ。どう見たって、ただの町娘ではない。でしょ」

射るように見つめる丑之助の瞳を見ていると、まさか綾歌藩の〝若君〟であることを知っているのかと、桃香は勘繰った。城之内が差し向けた新たな見張り役かと思った。

だが、それは杞憂《きゆう》であったとわかる事件が、すぐに起こった。

河豚の旨味《うまみ》が滲《し》み出た雑炊を食べていると、ひとりの若い男が乗り込んできた。

まだ十七、八歳であろうか。縞《しま》模様の着物を派手な帯で着崩し、高そうな煙草《たばこ》入れをちゃらちゃらと下げて、見るからに遊んでばかりいそうな男だった。

「今度はここにいやがった。おい、いい加減にしねえか、兄貴ッ」

いきなり怒鳴りつけた若い男に、丑之助は平然と、

「なんだ、鬼吉《おにきち》か……一緒に一杯やるか」

「冗談じゃねえぞ、こら。岡場所の女は飽きて、今度は素人《しろうと》の町娘か。ついでに年増と三人で遊ぼうってか？」

「見ての通りだ。河豚を食べてただけだよ。それにな、この方たちは高貴な心持ちの人だから、ゲスの勘繰りはやめなさい」

「こっちが、やめろと言いたいぜ。一体、幾ら金を使や気が済むんだ、ええ？」

「幾らって……全部、私のだから、おまえに文句を言われる筋合いはないよ」

「店の金だ！」

「それは違う。店の金はちゃんと店に残して、おまえに預けているじゃないか。私が使っているのは、この二十何年、ひたむきに働いてきた自分へのご褒美だよ」

「ふざけるなッ。こんな可愛らしい町娘を口説いて、どうしよってんだ。嫁を貰

わなかったからって、狂い咲きしてんじゃねえ」

「だから」

鬼吉は、丑之助の実弟である。『木曾屋』の跡を継いでいるが、実質の商いは番頭の仁兵衛が担っている。

元々、鬼吉は商売には見向きもせず、店の金をちょろまかしては、賭け事や女に使っていた。丑之助は隠居してから、弟がしていたことをやってみただけのことだと、居直った。

「それより、あの女はどうなった」

鬼吉には、お久美《くみ》という色女がいたが、これが性悪で、かなり骨抜きにされているのだ。丑之助と違って、亡き父親は鬼吉には随分と甘かった。そのために、わがままに育ったようなものだから、仕方ないといえば仕方がない。

「お久美のことなんざ、関わりねえだろうがよ」

「いや。私も少々、遊んで思ったがね……岡場所の女より、酷《ひど》い奴だ。鬼吉、おまえにだけは意見されたくないね」

「なんだと、てめえッ」

「ふん。おまえに、てめえ呼ばわりされる謂《い》われはないよ」

「このやろう」

いきなり鬼吉は丑之助に摑《つか》みかかり、鍋がひっくりかえるくらいの大騒ぎになった。人目も憚《はばか》らず兄弟喧嘩《げんか》が始まったのだ。それを思わず止めに入ろうとした桃香にも、鬼吉は「すっこんでろ」と手を出そうとした。

次の瞬間である。

鬼吉は宙を舞って、そのまま廊下に投げ飛ばされていた。ドスンと腰から落ちた鬼吉は、何が起こったのか分からない顔で、桃香を見上げていた。

「仮にもお兄さんに向かって手を出すとは、長幼の序に反しませんか」

凜然《りんぜん》と言う桃香には後光が射《さ》しているように、丑之助には見えた。久枝はといえば、騒ぎには目を覚まさず、むにゃむにゃと寝言を言っているだけであった。

四

「何をしている、久枝殿！　一体、これはどういうことだッ」

ふいに耳元で大声がして、ハッと久枝は目が覚めた。うつろな瞳で見上げると、そこにはなぜか城之内が立っていた。あまりにも明るいので、久枝は思わず眩し

そうに手をかざしながら、

「こんな所で、如何なされました、城之内様……」

「それは、こっちのせりふだ」

「え……」

自分の方が訳が分からないとばかりに、久枝は首を傾《かし》げた。

鍋や食膳は片付けられてはいたが、目の前には銚子《ちょうし》が何本も転がっていた。酒臭い座敷に風を通すために、城之内は自ら障子窓を開けて、ギラリと振り返り、

「はしたないことをッ。それでも、讃岐綾歌藩松平……」

と言いかけて口をつぐんだ。

「それより、若君はどうした。まさか、お守り役のおまえさんが酔っ払っているうちに、またぞろ何処かへ行かせたわけではあるまいな。しっかりせよ、久枝殿ッ」

「ああ……あまり大声で怒鳴らないで下さい。頭に響きます」

そう言ったものの、久枝は俄《にわか》に驚きの目になって、周りを見廻《みまわ》しながら、

「桃香……いや、桃太郎君は……何処へ」

「だから、それを訊いているのだ」

「あれ？　さっきまで、確かにここに……いえ、私はどうして、ここに？」

「おいおい。ふざけてるときではござらぬぞ。もし、若君が行方知れずになったりすれば、私は切腹では済まぬ」

「そんな大袈裟な……」

「いつもいつも、こんな体たらくでは、二度と屋敷の外に出すわけには参らぬ。国元の殿にも報《しら》せて、きつく説教して貰いましょう」

「説教しようにも、遥《はる》か遠い讃岐じゃわいなあ」

酒はまだ体中に残っている。久枝が名調子で浄瑠璃《じょうるり》語りのように言うと、城之内はカッと目を吊り上げた。

そこに、桃香が帰ってきた。一瞬、

——アッ。

と驚いて、城之内を見て、思わず背を向けたが、「待て」と声をかけられ、桃香は立ち止まるしかなかった。

「誰だ、おまえは……」

「はい。私は……呉服問屋『雉屋』の姪で、桃香と申します」

「そういえば、一度、見かけたことがあるのう。久枝殿とはどういう関わりだ」

「綾歌藩の方々には伯父《おじ》上がいつもお世話になっております。私はたまに下総《しもうさ》の方から江戸に来るものですから、江戸見物は久枝さんにと頼んでいるのです」

その場に座って、俯《うつむ》き加減に話す桃香をじっと見つめながら、城之内は訊いた。

「なぜ逃げようとした」

「逃げる……」

「今、おまえは、私の顔を見て、とっさに立ち去ろうとしたではないか」

「え、ああ……もしかして、久枝様が殿方と逢《あ》い引《び》きでもしているのかと……はい、そう思って、つい……」

「ば、バカを申すな。誰が、こんな年増ッ」

半ばムキになる城之内は急に頬を赤らめた。嫁も貰わずに奉公一筋だった城之内は、態度がカチカチに硬くなったものの、まんざらでもないらしい。久枝の方は、二日酔い気味で、気持ち悪くて、それどころではないようだ。

「では、私は伯父上の所に帰りますので……久枝さん、またよろしくね」

逃げるように桃香はその場を去った。久枝は必死に追いかけようとしたが、城之内に腕を摑まれた。

「何処へ行く。あんな小娘より、若君じゃ」

「で、ですから……」

「ですから何だ。おまえは、お守りのくせに、若君が心配ではないのか……どうやら、屋敷に忍び込んできた小僧と一緒に、出て行ったようなのだ」

「えっ。松太が!?」

久枝は、その子が危ないと訴えつつも、気持ち悪さもあいまって、その場にへたり込んだ。桃香の方も、どのみち武家屋敷に帰るには、『雉屋』に立ち寄らねばならぬから、福兵衛が何とかしてくれるであろうと思っていた。


一方、鬼吉は、町医者清庵のもとに担ぎ込まれていた。

桃香に投げ飛ばされたために、したたか腰を打ち、身動きできなくなっていたのだ。だが、意識はハッキリあるから、目の前で看ている丑之助に、悪口雑言を浴びせていた。

「そもそも、あの女は一体、何なんだ」

「いや、それが俺もよく知らない。けどな、まあ……俺も先がないから、少しばかりスケベ心を抱いたのは確かだ」

「なんでえ、そりゃ……」

「ちょいと口説いて、人生最期の花でも咲かそうと思ったが、おつきの年増は大酒飲みで、酔いつぶれてな……片や肝心の娘の方は、ほとんど飲まないから、こっちの方が酔っ払ってしまってよ……始末がつけられなかった」

「バカを言うんじゃねえよ。いい年こいて……お陰で、なんで俺がこんな目に……」

恨み節が入ったところで、ぶらりと伊藤洋三郎《いとうようざぶろう》が入ってきた。なかなかの偉丈夫で、生意気な面構えの町方同心だが、定町廻りではない。南町の本所方という、ほとんど探索とは縁のない役人である。

もっとも、元は定町廻りだから、何か事件を嗅ぎつければ、すぐに首を突っ込みたがる。手柄を立てて、前職にもどりたいという思いがあるからだ。

ゆえに、未《いま》だに小銀杏《こいちょう》に、長めの黒羽織に雪駄《せった》履きという、八丁堀同心の定番の姿であった。十手を羽織の帯から外して、

「鬼吉……おまえにちょいと話があるから、他の奴は、外してくれ」

と言いながら突きつけた。

「俺に？」

意外な顔つきになった鬼吉は、自分が被害を受けたのだと強く言った。

「小娘にぶっ飛ばされたらしいな。だが、そのことではない。番頭の仁兵衛の行方を探してるんだよ」

「仁兵衛の……?」

「数日前、おまえと大喧嘩をしたあと出かけたきり、家に帰ってないらしいんだ」

番頭の仁兵衛は通いで店に奉公している。すぐ近くの長屋に住んでいるのだが、一日だって帰らなかったことがないから、女房や子供が心配して、自身番に届け出たのだ。

「女房は、店にも尋ねに行ったが、知らないと答えたらしいな」

「知らねえものは知らねえからよ」

ふてくされたように返事をした鬼吉の顔を、伊藤はじっと剔《えぐ》るように睨んだ。思わず目を逸《そ》らしたが、

「本当に知らない……たしかに言い過ぎたと思うよ。商売のことは、仁兵衛の方がよく知ってるからよ。でも、俺だって昔のように、店の金を盗んだり、売り上げをちょろまかしたりしてねえしよ」

だが、世間は、丑之助は真面目《まじめ》な商売一筋の人間で、融通がきかぬほどの堅物

で通っている。賢兄愚弟の典型であった。

しかし、近頃はトチ狂ったように、兄の方が遊び呆《ほう》けはじめたから、地元の町中では噂《うわさ》になっていた。真面目な奴ほど、箍《たが》が外れれば、おかしくなるものだから、取引先の旦那衆や手代たちも深く心配していたのだ。

「なあ、鬼吉……」

伊藤は嫌らしい目つきになって、

「はっきり言うが、俺はおめえが殺したんじゃねえかと思ってる」

「な、何をバカな」

「何処に埋めたんだ。それとも、海にでも簀《す》巻《ま》きにして捨てたか」

「冗談にも程がありますよ、旦那」

「正直に言えば、店の闕所《けっしょ》だけは避けて貰えるよう、大岡様に取りなしてやろうじゃねえか、ええ？」

「知りませんッ」

キッパリと言った鬼吉は、不愉快さと苛立ちが混じり、口元を激しく歪《ゆが》め、

「そもそも、旦那は左遷されて本所方になったんでしょ。ええ、そういう噂です。大岡様に顔が利くんですか？」

「紋三が利くんだよ。奴は、大岡様も一目も二目も置いてる岡っ引だ。その紋三は、俺に一目も二目も置いてる。分かるな？」

「つまり、人の褌《ふんどし》を借りるってことですか。しょうもねえ」

「おいッ――」

丁度、痛がっている鬼吉の腰の辺りに、グリグリと十手を押し当てて、

「てめえが、すんなり吐けば、賢い兄貴に免じて、店だけは潰さないっていう俺の仏心が分からないのか、てめえ」

と乱暴に突く伊藤の腕を、清庵は思わず止めた。

「旦那……相手は怪我人だ……医者として見過ごすわけにはいきませんよ」

「そういや、おまえも紋三とは、仲良しだったな」

「この門前仲町で、紋三親分と不仲の者なんかひとりもいませんよ……旦那を除いてはね。違いますか？」

「嫌みなことを言うではないか。とにかく、清庵。こいつを逃がしたら、おまえもただではおかないからな。それから、丑之助。何があったか知らぬが、おまえも下らぬ遊びの真似事はやめて、ちゃんと家業に戻れ」

嫌みたらしく言う伊藤を、丑之助は冷静な目で見つめていた。そして、ひとこ

と、

「弟は人殺しをするような人間じゃありませんよ」

と明瞭な声で言った。

五

門前仲町の紋三親分は、粋で鯔背《いなせ》で、役者のようないい男だと誰もが知っている。妖艶な芸者衆だけではなく、女将《おかみ》さん連中や若い娘も振り返るほどの男前だ。それが年頃の若い娘を連れて歩いてたとなれば、噂にならぬ方が不思議だ。

その若い娘とは、他ならぬ桃香のことだ。

「親分さん。お願いですよ。私の言うことを聞いて下さいな」

懸命に追いすがるように訴えている。

門前仲町の人々は、富岡八幡宮の大鳥居の前を過ぎるとき、必ず立ち止まって、一礼をする。どんなに急いでいる者でも、軽くでも礼をする。それが誰に言われるでもなく、昔から伝わっている慣わしであった。

もちろん紋三も例に漏れず、きちんと立ち止まり、本殿から遠く離れていても、柏手《かしわで》を打って深く頭を下げた。

それにつられて、桃香も真似をした。

「大店《おおだな》のお嬢さんが、十手持ちの真似事なんざいけやせんや」

「どうしてです」

「御用聞きってのはね、穢《けが》れた仕事だ。『雉屋』のような立派なお店の姫御さんが、やることじゃねえよ」

「女が御用に口出しをしてはいけないとでも？」

「男とか女とかの話じゃない」

その紋三の言い草に、桃香は思わず首を竦めた。

「長年、男として育てられりゃ、気持ちも男になっていく。男らしいふるまい。男らしい正義感……だからこそ、危ない目に遭ってはいけないと心配してるんだ」

意味深長な話をする紋三を、桃香は凝視した。

紋三は何も言わなかったが、ある事件をキッカケに、綾歌藩の桃太郎君と桃香が同一人物ということを、すでに承知している。だが、桃香も素知らぬ顔で返した。

「それなら、私は大丈夫です」

「柔術でポンと投げたそうだな。それで、『木曾屋』の鬼吉が大怪我したらしいな」

「そんなことまで……」

「ああ。耳に入っているよ。門前仲町のことなら、犬がしょんべんしたって、俺の所に報せが入ってくるんだよ」

「だったら、尚更《なおさら》、お願いしますよ、親分さん……『木曾屋』の丑之助さんが、この境内で、何度も願掛けしていたことを、親分さんは知ってますか？」

「え……？」

「ほら。知らないこともあるじゃないですか。私は、たまさかですが、見たんです」

「何をだい」

「一日でもいい……長生きさせて下さい。どうか、どうか、一日だけでも……そう言って、百度を踏んでいたんです。ゆうべのことですよ。私が鬼吉さんを投げて、清庵先生のところへ連れて行った後で……」

　さしもの紋三も不思議そうに首を傾げた。一瞬、怪我をした弟を案じてのことかと思った。だが、そうではなかった。

「私、その後で、聞いたんです……」

桃香は静かに話し始めた。

「お百度参りをした後で、丑之助さん、ガックリと疲れたように倒れて……それで私が駆け寄ると……」

こんなことを涙ながらに話したという。

丑之助は腹の中に悪い出来物ができていて、もう命はほとんど残されていないと、大前玄沢《おおまえげんたく》という蘭方医《らんぽうい》に伝えられた。

「大前玄沢……」

紋三は、この辺りでは、あまり聞いたことがないと聞き返したが、丑之助の話では、湯島《ゆしま》の方で開業しているという。気休めかもしれないが、その医者から出される高い薬を飲んでいるらしい。

とまれ、玄沢から余命幾ばくもないと聞いて、丑之助は子供の頃から、真面目一徹に働いてきたのに、なんの因果か悪い病に冒されて死んでしまうのは、あまりにも哀れだと夜通し泣いた。

店の先代である父親から継いだ家業ではあるが、少なからず商売を大きく広げて、儲《もう》けを増やした自負はある。材木問屋だから、公儀普請の有無や地震や火事による倒壊のあるなしで、商売の有様も決まる。ゆえに、己の器量だけで繁盛したわけではないが、事に臨んで一生懸命に頑張ってきたのは事実だ。

　年だって、まだ三十半ばだから、やりたいことは沢山ある。だから、丑之助はあまりにも自分が哀れになったのである。

「この際、自分が稼いだ分で、今まで我慢してきた遊びをパッとやろうと、丑之助さんは思ったらしいです」

　代弁するように、桃香は紋三に伝えた。

「でも……ドンチャン騒ぎをしたところで、心の憂さは晴れない。それどころか、日を追って不安が増すばかり。こんなことでいいのかって、自問自答していたらしいです。かといって、今更、あれこれ町や人々のために、何かをして残しておこうと思っても、時がなさ過ぎる……」

「うむ……」

「よくよく考えてみると、弟の鬼吉さんが遊んでばかりいたのが羨ましかった。血の繋《つな》がりもないのに」

「本当の兄弟ではないのかい」

紋三が訝《いぶか》しげに聞き返すと、桃香は頷いて、

「ええ。何処か遠縁からの貰い子だったらしいです。先代はなかなか子供ができませんでしたから。その遠縁というのも、実は嘘で、本当は捨て子だったかもしれないとか」

「そうかい……」

「ですから、十二の頃になって、弟の鬼吉が生まれて体よく奉公に出されたのだろうって、丑之助さんは言ってました……なのに自分はバカみたいに真面目に働いてばかり。何のために頑張ったのか、バカらしくなったから……」

「……」

「でも、それも間違いだった。自分は弟にキチンと大人としての姿を見せてきたか。自分が悪いから、弟が遊び人みたいな人間になってしまったんじゃないか……そう悩んだそうですよ」

「なるほどな。だから、死ぬまでに少しでもいいから、何か教えを残しておきたかったのかな、丑之助は」

「ええ……」

と頷いてから、桃香は首を傾げた。

「親分さん、どうして、そのことをご存じなんですか？」

「およその見当はつくってもんだ。人間、どんな悪党でも最期の最期は、少しくらいいいことをして死のうと思うもんだ。それが善根というやつだ。ましてや、ふつうの人間ならば、できることをして死にたい。そう思うもんだぜ」

「はい……」

「だったら、その思いを叶えてやろうじゃねえか。最期の思いをよ」

紋三が慈悲深い顔になったのを、桃香は頼もしそうに見ていた。


その夜のことである。

土左衛門《どざえもん》という哀れな姿になった仁兵衛が、洲崎《すさき》の沖合で見つかった。漁師が網に引っかけたのだが、材木問屋『木曾屋』の番頭が殺されたという噂は、一挙に広がった。亡骸《なきがら》には、幾つかの刺し傷もあったからである。

紋三と桃香が駆けつけたとき、すでに伊藤が来ていて、検死をしていた。〝ぶつくさ〟の旦那と綽名《あだな》されるくらいだから、死体を見ながら何やら呟《つぶや》いているが、こういう時は往々にして、重要な事を思いついたか確信したときである。

「伊藤の旦那。ご苦労さんでございやす」

声をかけた紋三を振り返るなり、伊藤は皮肉っぽく頰を歪め、

「岡っ引が町方同心よりも後で来るとは、どうなっちまってるのかねえ。おまえの所にも、番太郎が報せに走ったはずだが？」

「へえ、ちょいと……」

「ちょいとなんだ。ああ、その小娘か、今度、おまえが下っ引に雇ったってのは」

「はあ？」

「そういう噂だぜ。妙な間違いを起こすんじゃねえぞ。おまえの所には、まだ若い妹がいるんだからよ。兄貴のせいで、嫁に行けなくなったら可哀想《かわいそう》だからな。ま、その時は、俺が貰ってやるから安心しな」

「それだけは、お断りしやす。さて……」

紋三もしゃがみ込んで合掌をしてから検分をしたが、伊藤の見立てどおり、背中からバッサリと斬られた上で、脇腹や胸などを数カ所刺されていた。致命傷となったのは、心の臓であろうが、傷の様子から見て、刀を使った侍と、匕首《あいくち》を使った二、三人の仲間がいたと思われる。

「そんなことは分かってる。誰が何故、こんな事をしたかだが……」

伊藤はすでに下手人を承知しているとばかりに、ニタリと笑った。紋三も伊藤が、『木曾屋』の当主である鬼吉を自身番に連れて行って、色々と調べをしたことは知っていた。だが、確たる証があるわけではないし、お縄にすることはできまいと踏んでいる。

しかし、伊藤はやる気満々である。こうして亡骸が出てきた上は、伊藤が思い描いていたことの大きな証拠となるからだ。

「なあ、紋三……おまえもシッカリと鬼吉のことを、俺と取り調べて、大岡様にしかとお伝えするんだぞ。いいな」

「へえ。ですが、その前に、やることは山ほどありやす」

「なんだと」

「鬼吉が下手人であろうとなかろうと、この仁兵衛を殺した者を見つけ出さなきゃ、なりますまい」

「あいつを吐かせりゃ済む話だ。石でも抱かせりゃ、すぐに白状するだろうよ。鬼吉自身が手を下してなくてもな」

苛立った声で、伊藤が険しい目になったとき、丑之助が駆けつけてきた。仁兵衛の亡骸を見た途端、瞼《まぶた》から涙が溢《あふ》れ出した。

「に……仁兵衛……！」

丑之助は愕然《がくぜん》となって、長年、苦労を共にしてきた仁兵衛の死体にすがりついた。だが、すでに到着していた店の手代らは、〝若隠居〟などと称して遊び呆けていたから、白々しいと、突き放すような目で見ていた。

「旦那……いえ、丑之助さん……番頭さんはね、あなたを探すために店から出かけていったんですよ……そして、いなくなったと思ったら、こんな目に……あなたが殺したようなもんだ。ああッ」

感情を露《あら》わにして責める手代もいたが、丑之助は何も言い返せなかった。

紋三は静かに見守っていたが、桃香は丑之助の思いを知っているから、何とも痛々しい気持ちになった。まだ十八の娘には堪えられない光景だが、

——男として育ってきた強さ。

があるのか、凜《りん》とした眼差しで、目の前の様子を見つめていた。

六

紋三は縄張り内に住んでいる下っ引を使って、『木曾屋』の周辺に何か不審点

はないか探らせる一方で、南町奉行所にまで赴き、大岡忠相に直々会って、定町廻り同心を差し向けて、探索を急ぐように進言した。

町人は訴訟などの用事がない限り、町奉行の門を潜《くぐ》ることはできない。お白洲《しらす》に関わることであっても、町人溜《ちょうにんだまり》で待たされるだけである。

もちろん、十手を預かる岡っ引であっても、おいそれとは奉行所の中には入れず、御用札を渡した同心を待つにしても、門外に控えているものだった。

しかし、紋三は大岡の役宅の方へ通されるのが常だ。町奉行所は表の役所と、自宅兼執務室のある役宅に分かれている。紋三は奉行直々に朱房《しゅぶさ》の十手を渡されているゆえ、特別に役宅の座敷へと招かれていた。

大岡は『木曾屋』という材木問屋の番頭が殺された程度の事件で、紋三が首を突っ込んでくることに、ただならぬ何かがあると感じたのであろう。いかにも能吏然としてはいるが、紋三には気を許した態度で、挨拶もそこそこに、

「裏に何かあるというのか」

と濃い眉を逆立てた。

「まだ、はっきりしたわけではありませんが、ただの殺しではないと思いやす」

「何故だ」

「へえ。実は……」

丑之助の病状のことや、二親が死んでからは、血の繋がりのない弟・鬼吉の親代わりをしていたことなども話してから、紋三は此度《こたび》の殺しの裏には別の理由があると伝えた。

「伊藤が探索しているらしいが、その鬼吉とやらのせいではない、というのか」

「たしかに、鬼吉は、仁兵衛から色々と常日頃の所行について責められてます。だが、立場としては、鬼吉が主人ですからね、殺しは割に合いません。嫌なら暇を出せば済むことでございましょう」

「たしかにな。だが、積年の恨みもあろう」

「恨みどころか、仁兵衛には感謝していると思いますよ。憎むなら、むしろ丑之助に対してだと思いやす」

「丑之助に……」

「ええ。賢い兄に比べて、年が十二歳も離れているから甘えさせられたのか、バカだとかグズだとか、世間に噂されてましてね。身の置き所がなかったんでしょう。ですから、悪い道に引き込まれそうになったこともあります」

「悪い道……」

「ええ。あっしも少しばかり調べてみましたがね、鬼吉が入れあげてる女がいるんです。奴よりちょいと年上で、いわゆる小股の切れ上がったいい女ってとこですが……お久美といって、こいつがなかなかのワルでしてね」

「裏に悪辣な男でもいるのか」

「浜蔵《はまぞう》という、ならず者同然の奴がいやした。もっとも、こいつも三下で、その裏に公儀のお役人がいるかもしれやせん」

「なんだと？」

大岡が渋い顔になったのは、これまでも幾つもの役人絡みの不正や事件を扱ってきていたからである。しかも、材木問屋は公儀普請に関わるため、最も賄賂《まいない》の温床になりやすい。普請奉行や作事奉行という直に関わる者から、公金を拠出する勘定奉行やその配下の勘定所役人なども、深く入り込みやすいのだ。

仁兵衛に手を下した者の中には、侍もいるので、紋三も事前に色々と調べてみると、ひとりの役人が浮かび上がった。

「誰だ、そいつは……」

「勘定吟味役配下の改役《あらためやく》、藤下内記《ふじしたないき》という者です。二百石の下級旗本とはいえ、あっしら岡っ引が手に負える相手ではございやせん。どうか、お奉行の方から内偵願えればと存じます」

「なるほどのう……」

大岡の眉間に皺が寄った。

勘定吟味役は、幕府の財務を取り仕切る勘定奉行が不正をしていないか、目を光らせる役職である。幕府内の汚職も取り締まるゆえ、清廉潔白の士が命じられた。それゆえ、万が一、勘定奉行に不正があれば、老中に直訴できる権限もある。

「その役職にある者が、市井のならず者とつるんでいるんですからね。これは、ちょいとばかりまずいと思いやすよ」

紋三に言われるまでもなく、大岡は調べてみると毅然と断言してから、

「ときに、紋三……」

声を柔らかくして続けた。

「讃岐綾歌藩のことだがな……少し調べて貰いたいことがあるのだ」

「また、その話ですか……」

これまでも何度か、元大岡の内与力・犬山勘兵衛に頼まれたことがあるのだが、紋三は体よく断っていた。探索と関わりのないことは、避けておきたいのだ。

もっとも、大岡の狙いは分かっている。綾歌藩の桃太郎君のことである。

上様の〝従甥《じゅうせい》〟でありながら、町場に出歩いているのを、家老の城之内が止めても、まったく聞き入れようとしない。万が一のことがあれば、上様に迷惑がかかるから、控えよということだ。上屋敷は本所菊川町にあるし、その見張り役として、紋三がよかろうと、大岡は思ったのだ。

「おまえなら、桃太郎君に何か危難が起こっても救えると思ってのことだ。よしなに頼む」

「……」

「上様も不思議に思うておるのだ。相撲を取るのが嫌なら、それでよいが、町場に出る暇があれば、挨拶にくらい来られようと」

「はあ……？」

「このまま言うことを聞かなければ、自らが綾歌藩の屋敷に出向くとまで言うておられる」

「――そこまで、おっしゃるのであれば、ようござんす。お引き受け致しましょう」

紋三は承諾した。もちろん、桃太郎君が、実は桃香として出歩いていることは、大岡もまだはっきりとは知らぬことだ。しかも、あのお天婆娘は捕物に首を突っ込みたがっている。ならば、いっそのこと桃香を探索の〝相棒〟にしていれば、目をかけることもできようというものだ。

「なんだ、紋三……何か思惑があるのか」

「いえ。仰せのままに」

再び頷いた紋三に、しかと頼んだぞと、大岡は念を押すのであった。

『木曾屋』では、とんでもない葬儀となった。形ばかりとはいえ、主人の鬼吉は、〝鞘番所《さやばんしょ》〟と呼ばれる深川の大番屋で、町奉行所から出向いてきた吟味方与力に、取り調べられているからだ。

代わりに、ついこの前まで、主人の座にいた丑之助が取り仕切っていた。そして、残された女房子供については、丑之助がすべて面倒を見ると誓った。

そんな様子を見ていた桃香は、

——丑之助さんは、余命が幾ばくもないと言ったけれど、他にまだ何かしようとしている気がする。

と感じていた。

短い間とはいえ、あれだけ放蕩《ほうとう》をして非難されながら、じっと耐えているからだ。真面目一徹だった者が俄に箍が外れるのはよくある話だが、やはり葬儀での丑之助の姿を見ていると、本当は真面目な人間であると桃香は確信していた。

　その思いは、紋三も同じであった。丑之助の顔色を改めて、凝視していたが、決して病人には見えず、むしろ何かに取り憑《つ》かれたような熱気すら感じていた。

「——余命幾ばくもない、とはな……」

　ぽつり紋三が呟いたとき、お光《みつ》が表から入ってきた。

　香典を持参したお光は、喪主に挨拶をしてから焼香を済ませて、紋三の横に座った。桃香に軽く頭を下げてから、

「あんちゃん……猿吉《さるきち》さんたちが色々と調べてきたみたいだけど……」

　貸本屋を兼業している下っ引の名を出して、お光は言った。紋三の年の離れた妹であるが、兄のような気立てのいい男はなかなかいないせいか、まだ嫁に行っていない。

　お光が軽く耳打ちをすると、紋三はその場から離れた。危険だから、お光に探索を頼んでいるわけではないが、これまたお転婆だから、勝手に動き廻るのだ。兄としては、それが心配だった。

　まだあまり会ったわけではないが、お光と桃香は何となく気があっているよう

で、近頃は、たまに甘いものを一緒に食べ歩く。お守り役の久枝よりも、年が近いから何でも話しやすいのであろうか。

紋三が表に出ると、お光が真顔で伝えた。

「――鬼吉さんの女というお久美には、浜蔵という間夫《まぶ》がいるってことは、もう知ってるよね。その浜蔵の後ろ盾が、勘定吟味役《かんじょうぎんみやく》改役《あらためやく》の藤下内記ってことも」

「それについちゃ、お奉行にお任せした」

「浜蔵は、お久美を使って、鬼吉に近付かせた上で嫁になって、身代を丸ごと奪ってやろうと画策していた節があるのです」

「身代を、な……だが、嫁になっただけでは、金を手にすることはできめえ」

「ですから、兄の丑之助さんが身代を、鬼吉さんに譲ったのを幸いに、付け込んできたんだと思います。でも、番頭の仁兵衛がそのことに気づき、浜蔵を探し出して、話をつけにいったんだとか」

お光は噂話を楽しむ長屋のおかみさん連中のように言うと、紋三は苦笑いをしたものの、

「なるほど。それで返り討ちってわけか」

と納得した。

「ここまで分かったんだから、その浜蔵とやらを引っ張ってきて、白状させればいいんじゃないの。そしたら、鬼吉さんも晴れて〝鞘番所〟から出して貰える」

「まあ、そうだが、肝心の藤下様に白を切られては元も子もない」

「でも、あんちゃん……」

「心配するねえ。吟味方与力の藤堂《とうどう》様には、俺からも頼んでるから、伊藤の旦那が早まったことはしねえよ」

「ならいいんだけど……」

「後は俺に任せな。くれぐれも余計なことをするんじゃねえぞ、いいな」

釘《くぎ》を刺してから、紋三は何処へ行くとも告げずに、駆け出した。

月が雲にかかって、秋の夜風も冷たくなってきた。

七

ギシギシと櫓《ろ》を漕ぐ音が聞こえる。

行灯《あんどん》のあかりも揺れる座敷は、屋形船の中であった。

頭巾を取ったのは、神経質そうな頬のこけた侍で、声も妙に甲高かった。苛々したように膝を動かしている。その度に、紋付きの羽織の紐《ひも》が揺れて、気持ちの動揺を表しているようにも見えた。

傍らには、神妙な顔で正座をしている鬼吉の姿もあった。〝鞘番所〟からは、嫌疑なしということで解き放たれたのだ。むろん、これは紋三が、吟味方与力に「別に下手人がいる」ということの証を立てて、泳がす形に画策してのことだ。

案の定、鬼吉はまっすぐ店には帰らず、〝鞘番所〟まで出迎えに来たお久美に誘われるがままに、両国《りょうごく》橋東詰の船宿まで来て、屋形船に乗ったのだ。

お久美の妖艶さには、鬼吉はまるで肝を抜き取られたようであった。まだ痛めている腰を労《いたわ》りながら、

「精進落としのつもりで、まあ一杯どうぞ」

と浜蔵に勧められた。口元に刃物の傷が食い込むようにあって、恐ろしく剔《えぐ》るような目をしているが、妙な愛想笑いで、下手になって杯を勧めた。

鬼吉が震える手で受けると、

「姐さんもどうぞ」

と浜蔵は酒を、お久美の杯にも注いだ。めでたいと何度も繰り返しながら、浜蔵は上座にいる侍にも擦り寄って、

「ささ、藤下様も、もう一杯」

「酒はいい」

冷たく突き放すように言って、浜蔵を睨みつけた。

「それより、例の話はどうなっている。ぐずぐずしているうちに、流れてしまっては、これまでの苦労が水の泡だ」

「へ、へえ……」

「なんだか知らぬが、大岡までが、ここにきて俄に、儂《わし》に探りを入れてきておる」

「南町奉行の……!?」

「跡取りの丑之助が何故か、店をおまえに譲り、これ幸いと鬼吉、おまえのものになった。しかも、やり手の番頭も死んでしまったのだ……さすれば、『木曾屋』の身代はすべて、おまえが好き勝手できるではないか」

「でも、兄貴が……」

「店はおまえが譲り受けたのであろう。問屋組合の鑑札も書き換えた。なにを遠慮がいるものか。番頭の葬儀が終わり次第、丑之助を追い出して、おまえが仕切れ」

「……」

「さすれば、公儀普請に『木曾屋』の材木をどんどん使うてやる。むろん、勘定奉行や作事奉行、普請奉行などには〝入れ札〟によることにしておく……おまえは、儂の言うとおりの値を書けばよいのだ」

「は、はい……」

「案ずるには及ばぬ。おまえたち町人は、勘定奉行が偉くて物事を決めると思うておるだろうが、決裁判を押すだけの仕事。実権は、監査をする儂の立場の方が強いのだ。ことと公儀普請の〝入れ札〟に関してはな」

「しょ、承知しております……」

「分かってるなら話が早い。おまえが主人になった後は……分かっておるな。丑之助や仁兵衛のように、クソ真面目に頑《かたく》なに賄賂を断ったりするでないぞ。もっと大きな商売がしたいのであればな」

藤下に詰め寄られると、お久美もシナを作りながら、鬼吉に寄り添って、

「御前様の言うとおりだよ……あたいは別に贅沢三昧したいわけじゃない……あんたと一緒になれるなら、それでいいんだ。商いが性に合わないってんなら、あたいは何処でも、あんたについていくよ」

と指先で頰を撫《な》でた。冷ややかな目で見守っている浜蔵も、付け足すように、

「姐さんがここまで言ってるんだ。鬼吉さんよ、あんたは果報者だな。そんな若くして、こんな別嬪《べっぴん》な姐さんを女房にして、大層な身代も継げるんだから、羨ましいですよ」

「――でも……」

「なんでえ」

「何もかも上手《うま》く行きすぎて、俺……なんだか罰《ばち》が当たりそうで……」

怖《お》じ気《け》づいたように言う鬼吉に、藤下は小さく頷きながら、

「人生には時にそういうことがある。流れるがままに身を任せればいいのだ。おまえが罪を犯しているわけじゃないのだからな……そういう運を持って生まれたのだ」

「運……」

「さよう。上様とて、尾張《おわり》の跡取りや紀州の兄たちが亡くならねば、将軍の地位に就くことはなかった。時の運というやつだ」

「……」

「おまえは何もすることはない。儂に任せておけばよいのだ」

その藤下の悪魔のような囁《ささや》きのまま、鬼吉は葬儀の終えた『木曾屋』に帰り、いきなり丑之助に対して、引導を渡すような厳しい口調で言った。もちろん、番頭の葬儀を恙《つつが》なく終えたことへの礼も言わなかった。

「——これまでのことは、水に流してやる……だから、もう兄でも弟でもない。貯めた金はかなりあるだろうから、それを持って、何処でも好きな所へ行くがいい。『木曾屋』とは関わりないから、何をしようと俺は咎め立てもしねえよ」

十二歳も年下の弟に罵られても、丑之助は覚悟を決めていたように、

「すまないねえ……」

とだけ言った。

「そりゃ……俺だって、色々と兄貴を困らせてきたかもしれねえ。でも、今度の兄貴にはほとほと呆れかえったぜ、えぇッ？　俺は、親父の代から続く、この店の暖簾《のれん》を傷つけるようなことまではしてねえつもりだ。これ以上、身内に恥をかかすようなことはしてくれるな。いいな。俺の目から見えない所で、好き勝手にやってくれ」

鬼吉は悪態をついて、今にも殴りつけるような勢いであった。だが、丑之助は腹が立つどころか、ニコリと微笑んで、

「後はよろしく、頼んだよ……」

とだけ言って深々と頭を下げると、すでに用意していたのであろう、行李《こうり》ひとつの荷物を担いで、店から出ていった。

そこには——紋三が立っていた。

「丑之助……本当にこれでいいのかい？」

「え……？」

「何か他に考えることが、あったんじゃねえのかい」

「いえ。私はどうせ……」

死ぬということは言葉にしなかった。このことは、鬼吉にも話していない。

「そうかい……おまえさんは、自分を犠牲にしてまで、店を先代の〝実の子〟である鬼吉に譲りたかったんだな」

「親の意見と茄子《なす》の花は、千にひとつも無駄はない……と言いますがね、あいつには無駄ばかりだった。もっとも、こっちは親代わりであって、親じゃありませんし、血も繋がっていない兄弟ですが」

「だったら、尚更……」

「ですから、理由はそれだけじゃありやせん……私はもう……」

鬼吉はまさに怠け者で、わがままで真面目に働こうともしなかった。番頭が説教しても、まったく聞く耳を持たなかった。しかも悪い連中と付き合っている様子もある。兄として弟の先行きが心配になった。

「けど、どうやら、鬼吉は、自分が変わらなきゃいけねえと気づいたようです……それでいい。それで安心です……バカな兄のまんま死んでいいんです」

そう丑之助は言うのだ。

しかし、その鬼吉を利用して、悪さを企《たくら》んでいる輩がいることまでは、丑之助は知らない。それを解決するまでは、紋三の仕事は終わっていないのだ。

「ともかく、丑之助さん……鬼吉はまだまだ若い。もう少し面倒を見てやってもいいと思うがな」

「いいえ、私は……」

「何も言わなくていい。少しの間、俺の家にでも逗留《とうりゅう》しててくれ。いい医者も見つかるかもしれないからよ」

「いい医者？」

丑之助は不思議そうに首を傾げた。

それから、しばらくして——。

ひとりの若侍がズンズンと険しい顔で歩いてきて、『木曾屋』の暖簾を潜って入ってくるなり、凜とした声を上げた。

「鬼吉はいるかッ。いるなら、出て来い」

唐突なことに、手代ら店の者は驚いたが、総髪に野袴《のばかま》の若侍が、番頭の葬儀の場にいた桃香とは誰も思わない。

「なんですかな？」

奥から店に出てきた鬼吉は、すでに一端《いっぱし》の商人面をしている。とはいえ、まだどことなくたどたどしいから、いつの間に来ていたのか、番頭と称して浜蔵が顔を出した。内儀になるといって、お久美の顔もある。

「お侍様。何か、主人がなさいましたかな」

「主人がしたのではない。丁度、よかった。私が探していたのは、おまえたちだ」

「はあ？」

不思議そうな顔になるふたりに向かって、若侍は、讃岐綾歌藩の桃太郎君であることを名乗って用件を告げた。

「面通しをする。こいつらか、松太」

と背後に声をかけると、城之内が子供の松太を連れて入ってきた。実は、松太が屋敷を抜け出した後、この子の身を案じて、城之内は家臣の小松崎や高橋に探させていたのだ。

「この子はね、小名木川に面した銀座御用屋敷の近くで、殺しを見たのだ。だが、下手人に気づかれて追われ……私の屋敷に逃げ込んできたのが縁でな。家中の者も下手人を探していたのだ」

エッと驚きを隠せない浜蔵とお久美だったが、すぐに笑って誤魔化し、

「何の話でございましょう」

と言った。

だが、間髪を入れずに、松太が大声を放った。

「こいつらだよ。この店の番頭さんを殺したのは。だって、おいら、この店の帳場から何度か小銭を盗んで、番頭の仁兵衛さんには、随分と叱られたんだもん、顔ぐらいよく分からいッ」

松太の言葉には、鬼吉も驚愕して、俄に訝しげに浜蔵とお久美を見た。何か言い訳をしかける浜蔵とお久美に、桃太郎君は毅然と、

「おまえたちふたりが深い仲だということは、既に調べておる。鬼吉、おまえは騙《だま》されておったのだ、分かるな」

「で、出鱈目《でたらめ》を言うなッ」

声を荒らげたのは浜蔵の方であった。だが、ズイと桃太郎君が刀を抜く真似をして前に出ると、とっさにお久美は浜蔵の後ろに隠れた。その態度から、鬼吉もピンときた。

「おまえたちは、俺を騙してたのか?!」

形相が変わって、鬼吉は責めるように言ったが、ふたりは違うと言うだけだった。それに畳みかけるように、桃太郎君が続けた。

「勘定吟味役改役、藤下内記のことも、こっちは調べておる。切腹は免れまい」

「えっ……!?」

浜蔵とお久美の顔から血の気が引いた。

「屋形船の船頭はな、紋三親分の手の者が漕いでいたのだ。おまえたちの話はぜんぶ筒抜けだったのだ。それでも白を切るというのか、どうじゃ！　私は上様の従甥《じゅうせい》、徳川《とくがわ》一門である。正直にすべてを話すかッ」

朗々と言う桃太郎君に、鬼吉も手代たちも思わず、土間に座った。それでも、浜蔵とお久美は手に手を取って逃げ出そうとした。

だが、すでに表には、伊藤と紋三、捕方などが駆けつけてきており、逃げ出す隙はまったくなかった。

「――ちくしょう……せっかく……」

上手く行きそうだったのにと呟いて、浜蔵がガックリと膝をつくと、お久美は号泣しながら両手を合わせて、自分は知らなかったことだと、見苦しく何度も繰り返した。

「しょうがねえ奴らだな。番頭には、三尺高い所から、謝るんだな」

紋三は吐き捨てるように言った。

その夜――。

紋三の家に、いつぞやの心中しそうになっていた母子を、お光が連れてきた。

すると、そこにいた松太と顔を合わせて、

「あれ、どうしたんだい、おまえ……」

と母親が声をかけた。

「え……あんたたちこそ、どうして……」

不思議そうに見合っていると、今度は紋三の子分〝十八人衆〟のひとり、神田《かんだ》

の松蔵《まつぞう》が、湯島から蘭方医の大前玄沢を連れて入ってきた。すると、母子連れや松太を見て、やはり吃驚《びっくり》した顔になって、

「――な、なんで、おまえたちが……」

と声をかけた。

さらに、奥で寛《くつろ》いでいた丑之助に気づいて、アッとなり、思わず逃げようとした。それを松蔵は太い腕で止めて、

「紋三親分……棚ぼたですが、騙《かた》り一味もお縄にできそうですね」

「だな」

紋三がニコリと笑うと、

「ど、どういうことです……」

訳が分からず、驚いたのは丑之助であった。

「こいつらはな、おまえのようなお人好しの大店の旦那を狙って、一芝居組んでる騙り一味だったんだ」

富岡八幡宮での心中騒ぎも、狙いは端から丑之助の方だったのだ。

「え、ええ……？」

「だから、丑之助。おまえの腹の出来物も嘘だ。そうだろ、玄沢先生様よ……お

まえは、嘘をついた上で、少しでも長生きさせたいと言って、高い薬を売りつけてただけだ。もっとも、毒にも薬にもならぬ雑草の粉だったんだろうがな」

「――はあ……？」

キョトンとなる丑之助に、紋三は笑いながら話して聞かせた。

「だから、おまえさんはまだ死なねえよ。せいぜい長らえて、不肖の弟のために、まだまだ頑張ってやることだな」

「だったら、親分……店をあんなバカに譲るんじゃなかったあ……」

「立ち直ったんだからいいって、おまえさんが言ったじゃねえか」

大笑いした紋三は、小さくなっている玄沢や松太、母子を見下ろして、

「さてと……騙りのおまえたちは、どう始末つけるかなあ……臭い飯を食わせるのもいいが、その芝居心を使って、もう少しまっとうな仕事を探してみねえか。旅芸人とか、見世物小屋とかよ。そういうのなら、幾らでも世話してやるぜ」

と言うと、また実に可笑《おか》しそうに笑った。

その笑い声につられたように、丑之助も笑い声を上げたが、命が助かって嬉しいのか、店を失って悲しいのか、涙が滔々《とうとう》と溢れ出てきた。

ようやく雲から、煌々《こうこう》とした月が現れた。

同じ月を——桃太郎君は、上屋敷の庭から眺めていた。そして、

「もしかして……何もかも、お見通しでしたか、紋三親分……私のことも、事件のことも、他の色々なことも……」

と呟いて、微笑むのであった。

第三話　蛍雪《けいせつ》の罪

一

草木も眠る丑三《うしみ》ツ時、音もなく雪がしんしんと降っている。

人々が寝静まった江戸の一角で、捕方数人を引き連れた本所方《ほんじょかた》同心・伊藤洋三郎《いとうようざぶろう》が、路地に潜んで笹寺《ささでら》を張り込んでいた。笹寺とは、曹洞宗《そうとうしゅう》の長善寺《ちょうぜんじ》のことである。

目の前は四谷《よつや》の大木戸であるから、こっそりと笹寺に忍び込んでいた盗賊が、明け六ツに大木戸が開くと同時に内藤新宿《ないとうしんじゅく》に向かって逃げ出すことが多いことでも知られていた。この寺が〝泥棒宿〟というわけではないが、奇特な住職が情けをかけて、少々の悪さをした奴《やつ》なら見逃しているという噂《うわさ》もあった。

今宵は——。

かねてから江戸を騒がしている盗賊の一味の行方を、伊藤は突き止め、寺社奉行管轄である笹寺の敷地に入られる前に捕らえるつもりだったのだ。

万が一、盗賊が寺の中に逃げても、寺社奉行の板東伊賀守左内《ばんどういがのかみさない》と住職の恵慶《えけい》が盗賊を捕らえる手筈《てはず》になっている。

「それにしても、まことに寒いな……」

息を吹きかけて掌《てのひら》をこすりながら、伊藤はすぐ後ろに控えている、下っ引から岡っ引になったばかりの猿吉《さるきち》に声をかけた。猿吉の歯はガクガクと鳴っている。まだ童顔が残る二十歳そこそこで、猿のように耳だけが大きい。

「も、もう……帰りましょうよ……どうせ、ここには来ないですよ……」

猿吉は両手で胸を抱え込むようにして、足踏みを繰り返している。

「若い癖にだらしがねえな」

「旦那ほど、腹に脂がついてやせんからね」

「減らず口叩《たた》いている間に、向こうの物陰にでも行って小便を出してこい」

「はあ？」

「膝が震えてるじゃねえか」

「寒いからですよ」

「怖いんじゃねえのか。相手はなんたって〝地獄の雷五郎《らいごろう》〟ってえ怖い物知らず。

まさに雷のように稲光を落として、火事にしてしまうらしいからな。その隙に、ゴッソリと蔵から千両箱を奪い取るんだ」

「誰に言ってるんですか」

「なに？」

「そんなこと百も承知ですよ。だから、こうして張り込んでんじゃないですか」

「てめえなあ……」

「ああ、寒い寒い。こんな夜は熱い湯にドボンと浸《つ》かって、キュッと一杯やりながら、おでんでも摘《つま》んで、可愛《かわい》い誰かさんと……『ねえ、おまえさん、もうちょいと、こっちに寄って下さいな。え、そうかい。だったら足を絡めた方が温《ぬく》もるんじゃねえかい』なんて言いながらね」

「おまえこそ誰に言ってるんだ」

伊藤は呆《あき》れ顔になって、

「本当にてめえは、門前仲町《もんぜんなかちょう》の紋三《もんぞう》親分の所で仕込まれたのかい」

「ええ。そりゃもう……あ、もしかして知らねえですかい？」

「何をだ」

「これでも大岡《おおおか》様から直々に十手捕り縄を預かってるんですからね」

「嘘《うそ》をつくな。十手はこの前、俺が預けたんじゃないか。それに捕り縄は岡っ引が縛ってはならぬ。同心じゃなきゃ使えないという決まりがあるんだよ、バカ」

「バカバカ言うのは一のバカってね。俺は十二の時から、貸本屋『智琳堂《ちりんどう》』を営んで早八年。こんな雪の中なんざ屁《へ》でもありやせんや。でもねえ、旦那に付き合って寒いふりをしてるんですよ」

強がりかどうかは分からないが、今でも〝移動図書館〟のように主に本所深川《ほんじょふかがわ》界隈《かいわい》を、鈴をつけた大八車で歩き廻《まわ》っているのは事実である。注文を受けた本を旗本屋敷や大店《おおだな》に届けたり、回収したりする。それゆえ、町場を探るには丁度よい副業だったのだ。

本を貸し歩くときには、「チリンチリン」と鈴を鳴らすから、長屋のおかみさんや子供たちからは、

――チリンの親分さん。

と親しみを込めて言われている。ときには、子供を相手に紙芝居をしたり、母親代わりに読み聞かせまでしている。

まだ親分という貫禄《かんろく》には程遠いが、猿吉という名のとおり、すばしっこさと知恵が廻るから、意外と悪い奴を捕らえることに長《た》けているのである。そこを、伊

藤は買っているのだが、どうもいけ好かない。

「たしかに……紋三の勧めで、おまえを使ってるが、一端《いっぱし》の十手持ちになるかどうかは、俺の胸三寸だ。舐《な》めた真似《まね》しやがると、首を切るからな」

「おお怖ッ。そんなことしたら、この白雪が真っ赤に染まりますよ」

「てめえなあ……」

奉行所では、いい加減で適当な伊藤のことを厄介払いする与力《よりき》や上役同心は多い。伊藤にとっては猿吉が面倒な奴だった。

そのとき——。

「来ました。地獄の雷五郎です」

と誰かが言った。声は殺しているがシッカリと捕方たちみんなに聞こえた。

一方を見ると、甲州《こうしゅう》街道へ至る道を堂々と黒装束に身を纏《まと》った一団が駆けてきた。数は六人。前々から調べていたとおりである。

それに対して、捕方や小者は二十五人。伊藤の他にも隠密廻りの同心もふたり、何処《どこ》かに潜んでいるはずだ。突棒《つくぼう》、刺股《さすまた》、袖搦《そでがらみ》の捕縛道具はもとより、梯子《はしご》や投げ縄、六尺棒や槍《やり》まで用意している。

「万が一のときは、殺してでも捕らえよ」

というのが南町奉行・大岡越前《えちぜん》の命令であった。

黒装束の一団が笹寺に向かって、集まったときである。

「待て待て、待てい！」

真っ先に飛び出していった伊藤は、紫の房の十手を突きつけた。この色の房は、奉行所内で最も手柄を立てた同心が貰《もら》えるものだ。それを自慢げに見せびらかし、

「この十手が目に入らないか。俺は元南町奉行所定町廻《じょうまち》り同心、今は本所見廻りの伊藤……」

と言いかけているのへ、「しゃらくせえッ」と怒鳴りながら六人の男たちが、それぞれ匕首《あいくち》などの刃物を抜いて、飛び掛かってきた。伊藤はサッと躱《かわ》した。これでも一刀流を極めている。

あっという間に、相手を倒そうとしたが、敵は目潰しの粉をふっかけ、伊藤は
「アタタタ」と悶絶《もんぜつ》するように転がった。その隙に、賊は笹寺の中に飛び込もうとしたが、

――ブンブンブンブン！

うなりを上げて、同時に数個の独楽《こま》が勢いよく廻って飛んできた。

投げたのは猿吉である。

その独楽の軸が、雷五郎一味たちの額や脳天、鼻の頭あたりに激突し、中にはまともに目の玉に受けて鮮血を飛ばした。一瞬にして白い雪が染まったとき、捕方たちが一斉に躍りかかった。

「御用、御用！　御用、御用！」

それでも、ひとりだけ頭の雷五郎が鉤縄《かぎなわ》を塀にかけてよじ登り、笹寺の中に入ろうとした。が、その足首には分銅のついた鎖が飛んできてガッツリと絡んだ。

これまた、投げたのは猿吉である。地面に引き落とされた雷五郎を、梯子で挟むように取り囲み、突棒や刺股で押しつけながら、とうとう御用となったのである。

同じ夜——。

本所菊川町《きくかわちょう》にある讃岐綾歌藩《さぬきあやうたはん》の上屋敷の前に、ふたりの頬被《ほっかむ》りをした浪人に追われた中年男が駆けてきた。職人風の身なりで、着物を端折《はしょ》っている。

雪に足を滑らせながらも、懸命に表門にしがみつくように、

「開けてくれえ！　助けてくれえ！　お願いだあ！」

と叫ぶが、背後に近づいてきた浪人のひとりにバサッと斬られた。だが、寸前、

必死に躱したのか、着物は切れたものの、切っ先が肌に触れた程度で傷は浅い。

「や、やめろッ！」

転がるように逃げる男に、今一太刀《ひとたち》浴びせようとしたとき、

「何をしてる、てめえら！」

声を張り上げて、提灯《ちょうちん》を掲げた町火消しの鳶《とび》たち数人が駆けつけてきた。

雪の夜は寒いから、決まりを破って、火を落とす刻限を過ぎても、いや一晩中、炭火を燃やしている家もある。それゆえ火事を警戒して、夜通し見廻ることもあるのだ。

「本所深川町火消し、南組頭取の栄五郎《えいごろう》ってもんだ。白雪を汚す人殺し。許すわけにはいかねえやいッ」

今にも飛びかからん勢いで怒鳴った栄五郎を見て、浪人ふたりは分が悪いと踏んだのか、ペッと唾を吐き捨てるや逃げ去った。

「――おい、大丈夫か……」

栄五郎は駆け寄って男の背中を見ながら、

「傷は深くねえが、早いとこ医者に行かねえと、まずいな。おい、てめえら」

と鳶の若い衆らに声をかけると、すぐさま介抱しようとした。

「ま、待ってくれ……俺は、このお屋敷の、わ……若様に今すぐ、報《しら》せなきゃならねえことが……あるんです」

「この屋敷の？　讃岐綾歌藩の桃太郎《ももたろう》君のことかい」

「そ、そうです……」

中年男は今にも死にそうな感じで、息絶え絶えに言った。

「お願い、致します……」

「若君には会ったことはねえが、家老の城之内《じょうのうち》左膳《さぜん》様なら、知らない仲じゃねえ。今夜はもう遅い。まずは傷を手当てして……」

「お願いです、今、すぐに……」

もしかしたら、何か国元に関わる事件でもあったのかもしれない。追いかけてきた頬被りの浪人が斬ろうとしたのも尋常ではない。そう判断した栄五郎は、

「誰か町医者を叩き起こしてこい。俺は御家老にかけあってみる」

ひしと中年男を抱えて、俠気《おとこぎ》を見せる栄五郎の熱さに、ふわふわと降りかかっている雪も溶けそうだった。

二

翌朝すぐ、大番所の牢部屋《ろうべや》に押し込めていた雷五郎と手下たちを、ひとりずつ土間に引きずり出して、伊藤は尋問した。

「地獄の雷五郎……さよう相違ないな」

俯《うつむ》いたままで精彩を欠く雷五郎は、噂に聞くほど強面《こわもて》ではなかった。むしろ子分たちの方がタチが悪そうで、ひねくれた根性は死んでも治らなそうな顔つきだった。

臨席して見ている吟味方与力の藤堂《とうどう》も、情けない雷五郎の姿には肩透かしを食らったようで、静かに訊《き》いた。

「まこと、おまえが雷五郎なのか？」

「……」

「ふて腐れておっては埒《らち》があかぬ。間違いなく、おまえが頭領の雷五郎で、余の者たちは手下なのだな」

「へ、へえ……」

「どうも曖昧だな。これまでも、本物の頭領を逃がすために、身代わりになる輩《やから》がいた。それで頭領に恩を売ってるつもりかもしれぬが、たとえそうであったとしても、打ち首獄門は避けられぬ」

「ですかねえ……」

弱々しい表情にわずかだが、人を小馬鹿にしたような微笑を浮かべた。その雷五郎の態度を見て、伊藤が横合いから摑《つか》みかかり、

「舐めるんじゃないぞ、雷五郎」

「それはこっちの科白《せりふ》でさ……もし人違いで殺したとなりゃ、伊藤の旦那……あんたは人殺しも同然だ。もちろん、そこの吟味方与力の旦那もね」

自分は本人ではないと言っているようなものだ。

だが、そうやって時を稼いで、何か仕組んでおり、ちょっとした隙に逃げ出す算段をしているのかもしれない。最後の最後まで諦めない、ぬかりのない奴なのだ。これまでも、すんでのところまで追い詰めていながら、逃げられたことは二度や三度ではない。

伊藤は後ろ襟を摑んで、

「いや。おまえに間違いない。三月程前、京橋《きょうばし》の『鶴屋《つるや》』という炭問屋に押し込

んだろう。その折、逃げようとしたおまえの背中に、小柄《こづか》を投げたのはこの俺だ……ほら、首の根っこの所に抉《えぐ》れた傷痕が残ってらあ」

「……」

「キッパリと白状した方が、子分たちの手前、示しがつくんじゃないか？」

「ですから、あっしが正真正銘、地獄の雷五郎でござんすよ」

歌舞伎役者のような口調で、悪びれる様子もなく、雷五郎はそう言った。

「ならば、それでよいッ」

藤堂は、大番屋での取り調べは、これまでと打ち切った。

後は、押し込みにあった商家の者たちの証言や脅しに使った凶器などの証拠をもとに、大岡がどう裁くかだけだ。雷五郎は死罪は免れず、他の者とて斬首もあろうし、終身刑である遠島《えんとう》は避けられまい。

直ちに、雷五郎たち六人は、〝未決囚〟として、小伝馬町《こでんまちょう》の牢屋敷に運ばれた。早ければ、一両日中には裁決し、評定所の合議と許可を経て、実刑を科すのみである。

だが、その翌日——。

大岡越前宛てに、脅迫状が南町奉行所内に投げ込まれた。

門番ふたりの話では、表門に近づいてきた髭面《ひげづら》の浪人者が、いきなり桐箱《きりばこ》を放り投げたという。追いかけたが、すぐに人混みに紛れて姿を消し、書かれていた内容は、

『今宵暮れ六ツまでに、地獄の雷五郎を解き放て。さもなければ、江戸町人を手あたりしだいに殺して廻る』

というものだった。

前にも似たような騒ぎを起こして、探索を混乱に陥れ、逃亡を図った盗賊がいた。あるいは、無理難題を大岡に押しつけて、幕府への不満を煽《あお》るような輩かもしれぬ。

このところ、江戸のあちこちで、付け火や辻斬《つじぎ》りが頻発しており、何の関わりもない人が犠牲になることもあった。罪を犯した者たちのほとんどは、自分の暮らしぶりが悪いとか、思うように仕官ができないのは、お上の施策が悪いと開き直っていた。

あるいは、地獄の雷五郎が捕縛されたと知った誰かが便乗して、ただ面白がってやったことかもしれぬ。

しかし、今般の投げ文に関しては、

——雷五郎の仲間がまだいて、親分や仲間を助けたいのかもしれぬ……。

と伊藤は感じていた。

「雷五郎の一味は、六人ですべてだと思っていたのだがな……」

一網打尽にしたと思っていた伊藤には、衝撃だった。

伊藤は直ちに、投げ文をしたらしき髭の浪人者の行方を探すよう、猿吉ら岡っ引や下っ引に命じた。むろん、捕縛をして、雷五郎の仲間であれば、一緒に処刑するためである。

だが、なかなか重要な手がかりは見つからなかった。

猿吉も手掛かりを探して、門前仲町の紋三親分に相談をすると、事情はすでに承知していた。厄介なことになったなと深刻な顔つきではあるが、口にしているのはやはり『観月堂』の最中《もなか》であった。

「親分……そんなに甘いもんばかり食ってると、体によくありやせんぜ」

「おまえたちのように大酒飲んでるより、よほどいいだろうよ」

「ま、たしかに、甘いものに目がない割には、体は引き締まってるし、年よりも随分と若々しいですしね」

「まだ三十半ばだぜ、おい。それに、見えないところで、ちゃんと努力してるんだよ」

「知ってますよ」

まるで自分のことのように、自慢げに鼻を擦《こす》って猿吉は言った。

「日がな一日、ここで本を読んだり、子分の十八人衆が持ち込んだ事件を解き明かしたりしてるだけに見えやすが、本当は江戸市中を隈無《くまな》く歩き廻って、謎について考えを巡らせてる。頭を働かせるためにも体を使うのにも、餡子《あんこ》が一番ですからねえ」

「そう思うなら、俺に聞くより、その髭の浪人とやらを探したらどうだい」

紋三は残りの最中をパクリと食べて、茶を啜《すす》ったとき、思い出したように、

「そういや、おとといの夜……本所菊川町にある讃岐綾歌藩の上屋敷に、浪人者に追いかけられていた男が、逃げ込んだらしい」

「浪人……？」

「頬被りをしていたから、髭面かどうかは分からねえがな。なに、町火消しの栄五郎さんがその場にいたんだが……どうしても、その屋敷に用があったらしいから、なんだか妙だと思っててよ」

調べてみろとは命じられたわけではないが、紋三はきっと猿吉にそう言いたいか

ったに違いないと思って、

「ガッテン承知の助でぇ！」

と駆け出そうとした。

「慌てるな、猿吉。腹ごなしだ。俺も一緒に行くぜ」

「大丈夫ですよ、俺ひとりで……」

「おまえじゃ、屋敷の中に入れてくれないだろう。俺も見たいものがあるしな」

「見たいもの……？」

猿吉は不思議そうに首を捻《ひね》った。

讃岐綾歌藩は徳川《とくがわ》一門であるから、石高は低いが格式はある。ゆえに、めったなことでは町人を入れない。いや、そもそも武家屋敷には、町人が自由に出入りできないし、十手持ちなら尚更《なおさら》、毛嫌いされる。不浄役人と呼ばれている町方同心でも、拒まれるくらいだ。

だが、これまで色々な難事件を見事に解決し、大岡越前も一目置いている紋三を、讃岐綾歌藩江戸家老の城之内左膳も認めていたのだ。もっとも、町人にしてはあまりにも鷹揚《おうよう》過ぎる紋三の人柄が、少々苦手のようで、古風な武士道に凝り固まっている城之内には、むかっ腹が立つことも多々あった。

「――さよう……真夜中に叩き起こされてな、迷惑千万。本当に、我が屋敷にはよく人が逃げ込んできて敵《かな》わん……そんなに貧相に見えるかのう……あ、だが、そいつなら、もう屋敷を出ていった」

「え……？」

これには紋三も意外だった。しかも、城之内の態度は、何か隠しているとしか思えなかった。凝視していると、城之内の目が少しだけ泳いだ。

「嘘はいけやせんや、江戸家老ともあろうお人が」

「何を申す。儂《わし》は……」

「男の名は、柿六《かきろく》でやしょ？　前々から、そいつのことを調べていた、浅草《あさくさ》の伊《い》右衛門《えもん》から聞いておりやす」

伊右衛門は、十八人衆のひとりである。

「実は……その柿六って男は、雷五郎の一味ではないのですが、手引き役として、武家屋敷や大店に先に潜り込んでいた節がありやす。もしかして、この屋敷も狙われているのかと思いやしてね」

「いや、そんなことは……そもそも我が藩のような貧乏所帯を狙うわけがない」

「では、なぜ、この屋敷に逃げて、この藩の若君に会いたいと言ったんですかね。

その柿六って奴は」

「さようなことは知らぬ」

「下手《へた》に隠し事をなさると、綾歌藩が盗《ぬす》っ人《と》の巣窟かと疑われますぜ」

「ぶ、無礼なッ……」

　怒りを露《あら》わにする城之内に、紋三はゆさぶるように言った。

「四谷大木戸の笹寺……ここは甲斐《かい》の武田《たけだ》家の家臣だった高坂弾正《こうさかだんじょう》の草庵《そうあん》が寺になったらしいですが、当時はまだ江戸幕府憎しという武田の残党がいて、江戸で盗賊紛《まが》いのことをやる連中の巣窟だったとか」

「……」

「それを鷹狩《たかが》りに来ていた二代将軍秀忠《ひでただ》公が見つけて、隣学和尚《りんがくおしょう》に開山させたもの。今では勧進相撲《ずもう》なども行われてますが、時に〝泥棒宿〟として使われているとの噂もありやす……柿六はその寺男だったこともある」

「そうなのか……!?」

「何故、桃太郎君を頼ってきたのか……若君に会わせてくれませんかね」

　紋三が迫ると、城之内は困惑した顔で、

「いや、それが……今、若君はおらぬ……いや、少々、熱があってな、奥でお休みになられておるので……」

本当は、またぞろ町娘に変装……いや本来の女らしい振り袖姿になって、江戸の町中を闊歩《かっぽ》しているであろうことは、紋三は百も承知していた。姫として生まれながら、跡取りがいないために、男として育てられた桃太郎に、同情すらしていたのだ。

「さいですか。ならば出直しますが、その柿六は怪しいので気をつけて下せえ」

じっと睨《にら》みつけるように紋三は言ったが、城之内はなぜか冷や汗を拭うような仕草で、要領を得ない態度だった。

三

その頃、門前仲町の呉服問屋『雉屋《きじや》』の奥を借りて、桃太郎は大名の若君姿から、町娘の〝桃香《ももか》〟に変装していた。

だが今日は、ほんのひとときの、娘らしい芝居見物などの遊びをしたいわけではない。一昨夜、屋敷に入ってきた柿六と会って、のっぴきならない事情を知り、自ら探索に乗り出したのである。

しかも、今度は、婆《ばあ》やで乳母の久枝《ひさえ》にすら黙って、こっそりと出てきた。久枝は赤ん坊の頃から、ずっと面倒を見てくれて、母親代わりで何でも話せる唯一の人であった。が、近頃、どうも城之内が若君の様子がオカシイと気づいたようなので、いつもは屋敷を出る際に、久枝が壁になってくれているのだ。

わがまま娘には違いないが、久枝にとっては自分の腹を痛めた子も同然。ついつい甘えさせてしまうのだった。

その代わり、『雉屋』の隠居の福兵衛《ふくべえ》が、伯父《おじ》ということで、手代たちを護衛役につけさせている。だが、万が一のことがあってはいけないから、用心棒として腕利きの浪人まで雇っている始末であった。

「でも、無理をしちゃいけませんよ。何かあったら、すぐにここに戻ってくるか、紋三親分に相談するのです。よろしいですな」

福兵衛も、我が娘を眺めるように目を細めた。

やはり、年頃の女である。島田に簪《かんざし》が揺れるだけで、喜んでいる。着物も大きな花柄の振袖を見立ててやった。町娘の間で流行《はや》っているとおり、少し長めに垂らしている。

その帯をひらひらさせながら、富岡八幡宮《とみがおかはちまんぐう》に参拝をして、

「どうか、柿六を斬った浪人たちを探し出すことができますように」

と祈った。

桃香は何処からどう見ても、商家の娘である。その可愛らしさもあって、すれ違う若い男たちが、からかいながら振り返る。それにも冗談を返して、意気揚々と歩く桃香の姿は妙に清々《すがすが》しかった。

永代橋《えいたいばし》を渡って、南新堀町《みなみしんぼりちょう》から南茅場町《みなみかやばちょう》を抜け、海賊橋《かいぞくばし》を通り、青物町《あおものちょう》までやってきた。すぐ先は、日本橋の高札場だ。着物姿の女にとっては、辛《つら》く長い道のりだが、どうしても会いたい人がいたのである。

青物問屋の裏店に、源助《げんすけ》という天秤《てんびん》担ぎがいた。大家でもある青物問屋から菜の物を預かって、町々に売り歩くのが商売である。

「ごめん下さいませ」

桃香が声をかけると、昼寝を起こされて不機嫌な顔を向けた源助は、もう五十絡みの男で、ぐうたらが体に出て肥《ふと》っている。寒いというのに障子戸は開けっ放しで、だらしない腹を出して、

「誰でぇ……こちとら朝早くから仕事してたんだからよ。眠くて……ふぁあ」

と両手を伸ばすと、屁が漏れた。

九尺二間の何処にでもある長屋の一室で、独り暮らしなのか、布団も万年床らしく湿っており、酒徳利も転がっている。酒臭いのに混じって、重い屁の臭いが漂ったので、桃香は鼻を塞いだ。

「――あの……源助さんですよね」

「そうだが」

振り返った源助は、入り口に立っている桃香を見るなり、慌てて身なりを整えて正座をした。急にしどろもどろになって、

「な……向かいのオカメの娘かと思ったら、だ、誰ですか。どこの大店のお嬢様で？」

「私はええと……門前仲町の『雉屋』という呉服問屋に縁のある者です。で、今日は、柿六さんについて、聞きたくて参りました」

「柿六……」

「ええ。前は内藤新宿の方の笹寺で世話になってましたが……私の命の恩人なのです」

「命の恩人……これまた大層な」

「本当です。それはともかく、柿六さんが何者かに襲われ、讃岐綾歌藩の上屋敷

に逃げ込んだのですが、心当たりはありませぬか」

「ありませぬか、と言われましてもな……もう二、三年、会ってねえし」

「ですが、柿六さんは、あなたなら分かるはずだと言ってます」

「え……？」

「ですから、源助さんに聞けば、襲った浪人者が何処の誰か知ってるのではないか、と」

長屋の中に入ってきて迫る桃香に、源助はエッと首を傾《かし》げて、

「どうして、『雉屋』の方が、お武家様の屋敷に逃げ込んだ柿六なんぞのことを、調べてるんでやす？」

「それは……前々から『雉屋』は綾歌藩上屋敷の奥向きの御用達でして……」

「ああ、それで……でも、逃げ込んだのが、お屋敷ならば、その綾歌藩の方が調べに来るなら分かりやすがねえ」

「そういや、そうだわねえ……」

思わず桃香は頷《うなず》いた。

若君の姿のまま探索してもよいのだが、それでは城之内が許さないだろうし、
そもそも柿六は、

──桃太郎が、桃香であることを知っている。

数少ない男のひとりなのである。

婆やの久枝を除いては、国元の父親と福兵衛しか知らなかったのだが、実はこの柿六は、ひょんなことで、その事実を知ってしまったのだ。

「命の恩人であることは本当です。ですから、どうか力になってあげて下さい」

「て、言われてもなあ……俺はよう……もう足を洗ってるんだしよ」

「足を洗ってる？」

「いや、なんでもねえよ。けど、金輪際、柿六とは関わりたくねえんだ。姉ちゃんは可愛いけど、役に立てなくて済まねえな」

帰ってくれと源助が困惑ぎみに手を振ったとき、ぶらりと伊藤が入ってきた。

黒羽織に小銀杏《こいちょう》、十手とくれば定町廻り同心と決まっている。臑《すね》に傷を持つ奴は、その姿を見るだけで、嫌な気がするものだ。

「なんか臭うな……プンプン臭いやがる」

伊藤は嫌らしい目つきで、源助を睨みつけた。目の前に若い娘がいるのに、さほど興味もなさそうだったので、

「八丁堀《はっちょうぼり》の旦那……そんな酒臭いですかねえ。それより、この綺麗《きれい》な娘さんの方

「ぶつくさ」の日那……」


が気になりやせんか？」

「ああ。臭うのはこの娘だよ」

　十手を桃香の前に突き出した伊藤は、舐めるように見ながら、

「なんで、おまえがここにいるんだ？」

「〝ぶつくさ〟の旦那……」

「近頃は、紋三の所に出入りしてるようだが、なんだって柿六のことを、探り廻ってるんだい、ええ？」

「私は別に……旦那、やはりこの源助さんが関わりあるんですか」

「こっちが訳を訊いてるんだよ」

「私は……命の恩人を狙った浪人者を探しているだけです」

　伊藤が不審そうに睨みつけながら、

「ふうん……立ち聞きしたわけじゃないが、讃岐綾歌藩に逃げ込んだって男のことは、岡っ引の猿吉から報せを受けてる。なんで、おまえが、そのことを調べてるんだ」

「その人と同じ事を聞かないで下さいな。私はね、柿六さんを狙った人をとっ捕まえて、裁いて貰《もら》いたいだけです」

「柿六てなあ、そこな源助の仲間だな」

意味深長な言い草で、伊藤は今度は源助を見やった。

源助は戸惑いながら、立ち上がると、

「で、ですから……俺は柿六とはもう何年も会ってねえって……」

言いかけてダッと、開けっ放しになっていた障子戸の外に裸足《はだし》のまま駆け出て、そのまま塀を乗り越え、隣の長屋に逃げた。

「やろう！　待ちやがれ！」

思わず伊藤は裾を捲《まく》って追いかけたが、桃香は何が起こったのか訳が分からず、その場に立ち尽くしていた。

四

猿吉はずっと、綾歌藩上屋敷を張り込んでいた。紋三の言うとおり、柿六がまだ屋敷内にいると睨んでいたからである。再び狙われるかもしれないので、屋敷内にいるのであろう。

たしかに、しかも、まだ怪しげな浪人が数人、屋敷の周辺をうろついている。

その中には、髭面の者もいた。もしかしたら、南町奉行に『雷五郎を解き放て』と脅し文を届けた奴かもしれぬ。猿吉はそう思って、そっと髭の浪人を尾《つ》けた。

屋敷内では——。

城之内が、柿六に事情を訊いていた。何故に、当屋敷に逃げ込んできたのか、桃太郎君とはどういう関わりなのか、何か秘密を知っているのかなどを問い詰めた。

「いえ、あっしは……何か困ったことがあったら、助けてやるから、いつでも訪ねてこいという姫……いえ、若君に言われたので、縋《すが》る思いで来ただけです」

「姫……？」

「言い間違いです」

訝しそうな目になって、城之内は柿六を睨みつけた。

「そもそも、おまえは何処で若君と知り合ったのだ。たしかに、こっそりと屋敷を抜け出して遊び惚《ほう》けている節があるがな」

茶を運んできた久枝を、チラリと城之内は見やった。

「久枝殿、おまえも知ってるのか」

「何のことでございましょう」

「この男のことをだ」

「いいえ。初めてお目にかかりました。けれど、若君は命の恩人だと話しておいでしたので、藩としても守ってあげなければなりませんでしょうねえ」

「それが怪しいというのだ……またぞろ若君は何処へ行ったのだ。小松崎《こまつざき》や高橋《たかはし》が尾けたが、撒《ま》かれたというぞ」

「鬼退治じゃございませんか？」

「ふざけるな。大事な若君に何かあったら、責めを負うのはこの儂だ……おまえなら承知しておろう。何処に行った」

「私もとんと……本当に困りましたねえ。それよりも、御家老……その柿六さんとやらの話もキチンと聞いてやれば如何《いかが》でしょう。なんでも、世間を騒がしていた地獄の雷五郎という盗賊の仲間かも、というのを小耳に挟みましたもんで」

久枝は話の矛先を変えた。屋敷を張り込んでいた猿吉から、話を聞いたのだ。

「違うッ。雷五郎親分のせいじゃねえ！」

庇《かば》うかのように、思わず声を発したのは、柿六だった。

「どういうことだ」

城之内が問い返すと、柿六はすっと背筋を伸ばして懸命に言った。

「――雷五郎親分は、確かに大泥棒だけど、人を傷つける訳じゃねえよ。あの人は、飢え死にするかもしれねえ、本当に金に困っている貧しい人のために、自分の命を賭けてやってるんだ」

「義賊だ、と申すか」

「おっしゃるとおりです。あっしは、もう十年も前でしょうか、雷五郎親分の気《き》っ風《ぷ》と優しい心に惚《ほ》れて、こっちから頼んで、手下にして貰ったんでやす」

「盗賊に気っ風もへったくれもあるまいに」

「まあ、お聞き下さい……」

柿六は真摯な態度で話した。時折、背中に受けたばかりの傷が痛むのか、うっと声を詰まらせながら続けた。

「たしかに義賊とはいっても、あれだけの盗みを繰り返して、読売でも騒ぎになっておりましたからね、町奉行所の取締りが厳しくなるのは当たり前のことです」

「……」

「此度《こたび》は、もう駄目だ、捕まると観念していたらしいんです。だから、あっしには……『柿六。おまえには、田舎《いなか》にまだ無事に暮らしている二親がいるんだ。足を洗って、まっとうに働け。でねえと、累が及んで、親にも迷惑をかけちまう。分かったな、これからはまっすぐ、やりてえことをして生きていけ』……そう言って、五十両もの大金を惜しげもなくくれたんだ」

「豪気だな。だが、それだって、他人様《ひとさま》から盗んだものではないか」

城之内は皮肉な言い草で睨みつけたが、柿六は真剣なまなざしで、

「たしかにそうかもしれません……けど、他の仲間たちは道連れになっても、あっしだけは助けてくれた……このまま逃げて、本当にいいのかって、あっしは……」

と言いかけて言葉が詰まった。

「盗っ人風情でも、恩義を感じてるというわけか。だが、そんな道理は通じぬ。おまえは今、まさしく地獄の雷五郎なる盗賊一味の仲間だと自ら話した。町奉行所へ連行するゆえ、さよう覚悟せい」

その言葉に呼応して、廊下に控えていた小松崎と高橋が入ってきた。だが、それを阻止するかのように、久枝はズイと正座をし直して、城之内の前に控えた。

「怖《おそ》れながら……しばらくお待ち下さいまし。若君は命の恩人と申して、自ら探索中でございますれば、ある程度、事の真相が分かってからでも、遅うございま

すまい」

「奥女中のくせに余計な口出しをするな」

「これでも、亡くなった御正室の年寄りを務めた者でございますッ。江戸の御屋敷にての若君の一切は、国元の殿から任されております。ここは、若君のご判断を待ってから……」

「ええい、黙れ」

「どうしてもと申されるのでしたら、直ちに国元へもお知らせ致します。此度のことではありません。城之内様が、殿に黙って、老中や若年寄という幕閣に、官職に就くために賄賂を渡していることを」

毅然と久枝に言われて、

「無礼者！　殿のことを思ってのことだ。自分のことではないぞッ」

と城之内は声を荒らげた。たしかに、讃岐綾歌藩は代々、奏者番《そうじゃばん》や寺社奉行など幕府の役職に就いていた。だが、殿の体調不良も相まって、公儀から敬遠されていたのだ。城之内としては、江戸家老として、藩主が少しでも良い立場になって権力を持つことは好ましいことと考えていた。

「しかも、此度の盗っ人騒ぎかなんか知らぬが、それと藩が何の関わりがある。

儂は、江戸家老として断固として……！」

さらに城之内が怒鳴り声を上げようとしたとき、

「何の騒ぎだッ」

と廊下を踏み鳴らしながら現れたのは、桃太郎であった。もちろん若君の姿に戻っている。

「あっ。若君！　何処へ参られていたのでございます」

「ずっと屋敷内におった。左膳、何故、声を荒らげておる。訳を申せ」

「あ、え、それは……」

「そこな柿六のことならば、ゆうべ話をしたはずだ。この身を助けてくれた命の恩人ゆえな、なんとしても恩返しをしたい」

「わ、若君……」

「控えよ。構わぬ、柿六。私の部屋に来るがよい」

桃太郎がそう命じると、城之内は座ったまま、

「それはなりませぬぞ、若君。かくなる上は、私からも申し上げまするが、このところの若君は、徳川御一門の藩主跡継ぎにあらざる所行が多ござる」

「下がれ」

「いいえ。『命《めい》に逆らっても君を利す。これを忠という。命に従いて君を病ましむる、これを諛《ゆ》と為《な》す』と〝説苑《ぜいえん》〟にも記されているとおり。暗愚な若君をキチンと見守り、苦言を呈するのも家臣の務めにございます」

「私が暗愚か」

「はい。かような盗賊一味を庇うなど、愚か以外の何物でもありませぬッ」

城之内はさらに語気を強めて、

「身共とて、ぐうたらしているわけではありませぬ。早々に今般のことは、家臣に調べさせております」

「何をだ」

「たしかにまだ、柿六が誰に命を狙われたかは、皆目見当がついておりませぬが、どうせ仲間割れでございましょう。五十両もの大金を手にしてるのですからな」

「……」

「しかも……南町奉行の大岡様に対して、脅し文が届いたらしいが、こやつの仕業かもしれませぬ。であろう、柿六！」

それこそ脅すように城之内が言うと、柿六は首を振って、

「な、なんのことでしょう……」

「それは無理な話だ。その脅し文のことなら、私も調べて承知しておるが、柿六ならこの屋敷にいたゆえ、到底、無理なこと。しかも……実は、この柿六、ろくに字が書けぬ」

「仲間がいるのやもしれませぬ。それこそ、こいつを斬った奴らが……」

「だとしたら、益々《ますます》、調べねばなるまい」

「若君のなさることではありませぬ。それに、町方とて、この柿六が雷五郎の仲間だと知ったら、黙っておりますまい。そんな輩を、当家の屋敷に匿《かくま》うなどということが、御公儀に知られれば、どんな仕打ちがあるか……ああ、考えただけでも、ゾッとしますわい！」

　打ち震えながら城之内は、小松崎と高橋に対して、桃太郎を〝押込《おしこめ》〟にせよと命じたが、さすがにふたりとも「そこまではできませぬ」と断った。

「ま、まあ……そうじゃが……若君、どうか気をお静めなされ」

「静めるのはおまえの方だ。とにかく、柿六に何かがあっては困る。よく守ってやるよう、頼んだぞ」

　桃太郎に言われて、小松崎と高橋は頷くしかなかった。

　――まったく……。

そんな様子の若君を見ていて、ほっと溜息《ためいき》をつく久枝であった。

五

南町奉行所では、投げ文に関する探索を続けていたが、雷五郎たちを解き放てという、約束の暮れ六ツが迫って来た。

散々、悩んだ末に、大岡は、雷五郎だけでも放免にすると決断した。

その旨を、牢屋奉行の石出帯刀《いしでたてわき》に伝えたが、肝心の雷五郎が、

「とんでもございませぬ。あっしは死罪の覚悟を決めております。その脅し文は、あっしの子分がやったことではありませぬ。みな捕まっておりますからな。さような脅し文などに、お上が屈するものではありません」

と言って、出獄するのを拒んだのだ。

「なんと……」

困ったのは石出の方だった。

「お前が出なければ、罪なき者が殺されるやもしれぬのだ。頼むから、牢から出てくれ」

しかし、頑として雷五郎は出なかった。

そうこうするうちに、

『雷五郎を解き放たないから、人を殺した。神田明神《かんだみょうじん》へ行ってみるがよい』

という文が、奉行所に投げ込まれた。

報せを受けた伊藤が行くと、そこには、男の斬殺死体があった。その懐には、封書が挟まれており、

『これは、南町奉行大岡越前のせいである。今度は、九ツまで待ってやる。また犠牲者を出して欲しくなければ、雷五郎をすみやかに解き放つがよい』

と書き付けられてあった。

大岡は直ちに自ら小伝馬町へ赴き、雷五郎を解き放った。その上で、高札場にはその旨を公に知らせ、読売などにも載せて、投げ文を寄越した者の目に触れるようにした。

その大岡の判断が正しいか間違いかは、誰にも分からぬ。だが、もちろん、雷五郎は岡っ引らが密《ひそ》かに見張っており、さらに罪を重ねるようなことがあれば、即刻、捕らえるようにはしてある。

しかし、老中や若年寄幕閣連中の間でも大きな論議となって、事と次第によっ

ては、大岡の進退問題にも発展するおそれが出てきた。

「なんたる不始末！　大岡。おまえともあろう者が、何故に、早々に雷五郎を解き放たなかったのだ！」

老中首座の黒岩飛驒守《くろいわひだのかみ》が怒鳴り散らした。幕閣の前に控えた大岡は、平身低頭で自分の不備を謝るしかなかった。

「詫《わ》びてすむ話ではないぞ。おぬしの決断と実行が遅かったがために、盗賊一味とは何の関わりもない無辜《むこ》の人間が殺されたのだ。江戸町人を守るべきおまえが、なんとしたことじゃ」

「申し訳ございませぬ」

「ならぬ。幕閣一同で合議し、評定所にて諮って後、謹慎を申しつけるゆえ、さよう覚悟しておけ」

「謹慎……でございますか」

「さよう。本来ならば、謹慎どころか、御役御免となるところじゃ」

「されど、神田明神で見つかった亡骸《なきがら》の身許《みもと》や、その死因などを究明しておりませぬ。それまでは……」

「見苦しいぞ、大岡。おぬしは上様より格別の信頼を得ている旗本ゆえ、かような処分で済まそうとしているのだ。探索ならば、北町奉行所でやるよう指示をしたゆえ、おぬしが案ずることはない」

「……」

「篤と心得よ」

頑として裁断は揺るがぬという顔つきで命じた黒岩に、もはや大岡は言い訳をせず、ハハアと平伏して承知するだけだった。


大岡謹慎との報を、大岡の元内与力である犬山勘兵衛《いぬやまかんべえ》から紋三が聞いたのは、その夜のことだった。

浪人の身となった犬山だが、それは表向きのことであって、今でも大岡の腹心の部下であることに変わりはない。役所内にいると、諸々《もろもろ》、厄介な手続きがいるから、町方同心や与力とは一線を画して、町場の隠密探索をしている。殊に、政事絡みの事件のときには暗躍するのだ。

もっとも、普段は、

――桃香という町娘が出歩くときには警護しろ。

というのが大岡の密命であった。

これは、吉宗《よしむね》が、綾歌藩の若君である桃太郎が実は女であることに勘づいているから、その証拠を取るためでもあった。

大名家には跡取りがないとなれば、養子縁組なども認められてはいるが、幕府から廃藩にされる口実にもなる。それゆえ、藩主と国家老は、生まれたのが女の子であることを隠し、桃太郎として届けたのだ。

むろん江戸家老の城之内は知らないが、もし真相が分かったならば、何をしでかすか分からぬ野心家ゆえ、藩主と国家老はひたすら隠しているのである。

「どう思う、紋三……」

犬山が訊くまでもなく、紋三も今般の大岡の謹慎処分には疑念を抱いていた。雷五郎についても、子分衆たちも調べていたから、その動向は耳にしていたのだが、解せないことが幾つもあった。

「妙でやすよね。手抜かりとは言えなくとも、老中や若年寄からすれば、大岡様を謹慎にするのはやむを得ないとしても……この一件に関する公儀の動きが、ピタリと止まったのは実におかしなことです」

「そのことよ……この一件、北町預かりになったというが、大岡様も心配しておる」

神田明神で死体で見つかった男の身許すら、不明のままなのである。それゆえ、紋三「――この裏には、もっと別の何かがあるような気がするのだ。

……おまえの力を借りたいのだ」

「言われるまでもありません。あっしに気がかりなことがありますのでね」

「気がかりなこと？」

「雷五郎の一件と関わりのありそうな男のことでね……」

「なんだ、それは」

犬山は気がかりそうだったが、紋三が機先を制するように、

「旦那が最も気にしているのは今般の事件よりも、桃香という娘のことでござんしょ。ええ、あっしも大岡様から聞いてますんで」

「おまえは時に、その桃香というお転婆娘を下っ引代わりに使ってるそうだが、本当に『雉屋』の姪《めい》っ子なのか」

「そうらしいです」

「だが、俺の調べでは、『雉屋』福兵衛の親戚にはおらぬようだが」

「色々と事情があるのでしょう。あの福兵衛さんは、貧しい子供らを陰ながら援助している奇特な人です。育ての親とか伯父さんとか言って慕っている若者や子

供は多いんですよ」

「そうなのか……」

「ええ。あっしも見習わなきゃいけねえと感じてます」

はぐらかされたと犬山は思ったが、紋三はさらに続けて深刻そうに、

「犬山様……ここだけの話ですがね。万が一、あっしの身に何かあったら、大岡様に詫びて貰いたいことがあります」

「な、なんだ。藪《やぶ》から棒に」

「此度の一件には、何か裏があると言いましたがね、岡っ引のあっしには手に負えない、とんでもねえことがあるような気がします。ええ、まあ聞いておくんなさい……誰かが後ろで糸を引いてるには違いありやせん。でないと、大岡様が早々に事件から引き離されることなんざありやせん」

「うむ……」

「実は、地獄の雷五郎についちゃ、あっしの子分らにも手分けをさせて、隠れ家を探したり、盗みの手口から色々な職人らを当たったりして、相当、探索をしていたんです」

紋三は声をひそめて、

「にも拘《かか》わらず、あっしの子分衆の手にはまったく引っかかりもせず、あっさり捕まった上に、解き放て——ですからね」

「……」

「自画自賛かもしれやせんが、あっしの子分たちは、江戸八百八町のそれぞれの町で、〝名親分〟と言われている奴らばかりだ。そいつらが、みんなして見逃すってことは、考えられねえんです」

「ならば、どうするのだ、紋三……」

「ここはひとつ、犬山様にも手を貸して頂きたいんですよ」

「俺が……俺は定町廻りの真似事なんぞは……」

できぬと首を振ったが、ニンマリと笑った紋三は、

「隠密廻りの真似事はできてもですかい？　もし、此度の一件が上手《うま》く片付いて、御公儀内に巣くう悪党を締め上げれば、大岡様の謹慎もすぐに解けるどころか、お株もまた上がること間違いなしですがねえ」

と煽るように言った。

大岡に対してまさに犬のように忠臣である犬山は、唸《うな》りながらも首を縦に振るしかなかった。

六

隅田川《すみだがわ》沿いは、首尾《しゅび》の松《まつ》から少し離れた所に、人目につきにくい船泊があった。吉原《よしわら》に向かう舟の通り道なのだが、この辺りで遊郭の客たちが、今夜の上首尾を願って、その松を拝んだという。が、実際は、吉原へ向かう舟の順番待ちをしているのだ。

千客万来とは、このことであろう。

夜風が少し強くなって、波が大きくなった頃、吉原に向かう舟に混じって、一際、贅《ぜい》を凝らしたような屋形船が流れてきて、ゆっくりと石造りの船着場に接岸した。

その屋形船に——。

牢屋敷から解き放たれた雷五郎が、闇に紛れて近づいていった。

離れた柳の陰からは、猿吉が見ていた。綾歌藩の屋敷から、ずっと尾けてきていた髭の浪人らが、雷五郎を迎えていたのだ。

「これは、ご苦労さんでやすね」

雷五郎は恐縮したように頭を下げたが、目は笑っていない。浪人たちに招かれるままに、屋形船の中に乗り込んだ。

「やはり……雷五郎が命じていたのか。捕縛されることを覚悟して、一か八かの大芝居を打ったのだな」

と猿吉は呟《つぶや》いた。

そこから先に追いかけることはできない。だが、岡っ引根性に火が付いたのか、咄嗟《とっさ》に船着場の方に駆け出して、

「待ちやがれ！　てめえだなッ、柿六を斬ったのは！」

と声を張り上げた。

振り向いた浪人たちは、他にも数人いて、ずらりと雷五郎を庇うように立ちはだかった。すでに抜刀している者もいる。

猿吉は十手を突きだして、

「ら……雷五郎を解き放たないからと、い、因縁つけて、関わりねえ奴を、ぶった斬ったんだろう……か、神田明神で……」

上擦った声だが、必死に問い詰めた。だが、髭の浪人は鼻で笑うと、おもむろに猿吉に近づきながら、

「だったら、おまえも犠牲になるか。何もひとりしか殺さねえとは言ってないからな」

「や、やっぱり、てめえが脅し文を、奉行所に……！」

髭の浪人は何も答えず、ただ素早く刀を抜き払うと、猿吉に斬りかかった。

だが、猿吉も怯《ひる》まず、手にしていた独楽を投げつけた。ビュンと音を立てて激しく回転した独楽は、髭の浪人の顔面近くまで飛んでいった。

一瞬、髭の浪人は避けたが、猿吉が紐《ひも》をグイッと引っ張ると、唸る独楽は方向を転換して、舞い戻ってきた。

——グサッ。

独楽の芯が髭の浪人の脳天に命中した。

「いたたッ！」

思わず刀を落として、しゃがみ込んだ髭の浪人に、猿吉はまさにピョンと身軽に飛び掛かって、今度は額に十手を打ちつけた。鈍い音がして、浪人は失神した。

「やろうッ。舐めた真似を！」

ザザッと足を踏み鳴らして、浪人たちが駆け寄り、その勢いのまま猿吉を斬ろうとした。懸命に避けようとしたが、反対側からも浪人たちが斬りかかってくる。

それでも、猿のようにひょいひょいと躱《かわ》しながら、軽業師の如《ごと》く〝バク転〟をしながら逃げた。

それでも、執拗《しつよう》に浪人たちは、猿吉を仕留めようと追ってくる。ブンブンと背後で、刀を振り廻す音を聞きながら退散しようとした。だが、その足に、浪人のひとりが投げた小柄が命中した。

前転で思い切り倒れた猿吉の背中に、近づいた浪人が、気迫とともに斬りつけた。

だが、カキン——その刀は弾《はじ》き飛ばされ、目の前には、すっと背筋を伸ばした羽織に着流しの男が立った。

月明かりが淡く、顔はよく見えないが、偉丈夫でいかにも堂々としている。手には小太刀を手にしていた。町人ゆえ帯刀は許されぬが、長脇差や小太刀の長さならば、持ち歩いてもお咎《とが》めはない。

しかし、やたらめったら振り廻すとなれば、町方同心に取り押さえられるであろう。だが、浪人がカッと目を開いて見た相手は、

「——あっ。おまえは！」

見知った顔のようだった。その町人の面構えは、肝が据わっており、濃い眉毛

や太い鼻は意志の強さを物語っていた。

「し、芝神明《しばしんめい》の伝五郎《でんごろう》……」

浪人のひとりが言うと、町人はニコリともせずに、

「俺の顔を知っててくれて、ありがたいことだが、多勢に無勢、しかも十手持ちを狙うとは尋常じゃねえな」

とズイと出た。浪人たちは、「まずい奴が来た」とばかりに思わず後退《あとずさ》りをして、次々と屋形船に飛び乗った。

「待ちやがれッ」

すぐさま猿吉が追いかけようとしたが、その肩に伝五郎は手を掛けた。

「奴らは雑魚《ざこ》だ。もう相手にすることはねえ。それより、そこで気を失ったままの髭面を、縛り上げておきな」

「へ、へえ……」

猿吉は自分で用意した縄で、手際よく縛りながら、

「お初にお目にかかりやす。あっしは……」

「神楽《かぐら》の猿吉だろう。紋三親分から聞いてるぜ」

「えっ……伝五郎親分、あっしのことをご存じでやんすか」

「まだ頼りねえから、目をかけてやってくれとな」

「こ、これは恐縮の極みでやす」

猿吉は本当に緊張して縄を縛る手も震えるくらいだった。

さもありなん、伝五郎は、元はさる藩の剣術指南役をしていたほどの腕利きの武士で、紋三十八人衆の頭領格である。その貫禄に、サンピンの浪人たちは逃げ出したのだ。

悔しそうに猿吉は屋形船を見送っていたが、そのふたりを物陰から見ていた人影がある——桃香だ。

「伝五郎親分に、猿吉か……このふたりにして取り逃がしたってわけ？　まったく情けない。それで、紋三親分の弟子ですか」

口の中で呟くと、桃香は翻って路地に消えた。

むろん、伝五郎は桃香に気づいている。いや、猿吉を尾けてきた桃香を、さらに尾けてきていたのが、実は伝五郎だったのだ。

「まったく、あのお転婆……こっちの迷惑も考えろってんだ」

お姫様の身を案じている紋三に言われてのことだが、さしもの伝五郎も若い者たちの尻ぬぐいばかりでは、不機嫌になるのも仕方のないことだった。

七

屋形船に乗せられた雷五郎は、隅田川を遡ると、対岸にある向島《むこうじま》の堤に降ろされ、大きな武家屋敷に連れて来られた。どこぞの大名の下屋敷であろう。

「――ここは……」

雷五郎は、ここが誰の屋敷か承知しているようだった。

香《こう》の匂いが漂っている奥座敷に招かれると、床の間を背にして座っていたのは、寺社奉行の板東伊賀守左内であった。キリッとした目つきで、いかにも野心家らしい顔をしていたが、声は物静かであった。

首を竦《すく》めて控える雷五郎は、丁重に礼を言って、

「あっしを牢から出してくれたのは、御前様でしたか」

板東は小さく頷いたが、雷五郎は首を振りながら、

「大岡のことですから、きっと追っ手をつけておりますよ。おそらく、ここにも……」

「それはない」

「どうして、そう断じることができるのです？」

「奴は謹慎中だ。此度の一件で下手を打ったからという理由でな」

仮にも江戸町奉行の地位にある大身の旗本を奴呼ばわりするのは、勘定奉行と合わせて〝三奉行〟と呼ばれていても、自分だけが大名職であることの誇りからであろうか。

「――そうでしたか。なら安心です」

心の中とは違う思いを、雷五郎は述べて、もう一度、頭を下げた。

「うむ。お前は今まで、儂の意向を汲《く》んでくれて、世のため人のために働いた……貧しい者のために、必要以上に蓄えすぎた商人どもから盗みをしてきた」

「はい……」

「しかし、まだまだ可哀想《かわいそう》な貧しい者はおる。にも拘わらず、公儀は財政難を理由に救いの手を伸ばさぬ。だからこそ、おまえが必要なのだ。であろう、雷五郎」

「……」

「町方などに捕まって処刑なんぞされては、助かる命も助からぬ、哀れで惨めな者たちが困ってしまうのだ」

しんみりと聞いていた雷五郎は、静かに頷いた。

「――はい……私はたしかに、板東様の庶民を思う熱き思いにほだされて、これまでお手伝いをして参りました。義賊と言われるのは面映《おもは》ゆいですが、あっしなりに尽力したつもりでございやす」

雷五郎は板東の指示のもとで、盗みを働いていた。それゆえ、逃げ場所や隠れ場所は、町方の及ばない寺社地を利用していたのだ。もちろん、手配をするのは板東で、これまで幾度も窮地を救われた。

「安心せい。何があっても、おまえを守り通すゆえな」

そう言いながらも板東の頭の中は、如何《いか》にして大岡を追い落とすか――ということを考えていた。雷五郎もそう察していた。

大岡は従前から、雷五郎と板東の関わりに気づいている節がある。それゆえ、躍起になって、雷五郎一味を捕らえようとしていたのだ。しかし、盗っ人を庇うのが寺社奉行ならば、おいそれと証拠は摑めない。だから、大岡も二の足三の足を踏んでいるうちに、

――盗賊の頭《かしら》を牢屋敷から追い出さざるを得ない。

という罠《わな》にはまったのである。

「のう、雷五郎……おまえは十分にやった。何処かで、ゆっくりと休むがよい。そして、またほとぼりが冷めた頃に……」

寺社奉行として協力するので、引き続き義賊として働いて貰いたいと、坂東は言った。

「ありがたいお言葉です。しかし……私だけが助かっても、もし他の者が捕らえられて処刑されては……」

「案ずるな。そのようなことは、断じて、儂がさせぬわい」

「さいですか……よろしくお願い致しやす」

深々と頭を下げた雷五郎だが、わずかに訝《いぶか》しげな目になって、

「ところで、御前様……あっしが牢屋敷から出なかったために、殺された奴がいるそうですが、そいつは誰です」

「む……？　何故、さようなことを聞く」

「あっしを助けたいがために、町奉行所に脅し文まで届け、そんな手の込んだことをしたとなれば、寝覚めが悪うござんす」

「気にするでない」

「一体、何処の誰でございやす。本当に、手当たり次第、罪もない者を殺したわ

けではないでしょ……そんな無慈悲なことを、寺社奉行の板東様がなさるとは思えやせん」

丁寧な物腰でありながら、雷五郎は是が非でも聞きたいという目つきだった。

「どうしてもか……」

「へえ……なんだか悪い予感が……」

「どういう意味だ」

「もしかして、あっしの子分を殺したんじゃないかと」

板東の目の玉が微《かす》かに動いた。それを見逃さない雷五郎は、透かさず膝を進めて迫った。

「そうなんでやすか？　一体、誰でやす。まさか、柿六じゃないでしょうね」

「——おまえは随分と、柿六を可愛がってたようだな」

「本当は、根っから優しい心の持ち主なんです。このまま盗っ人稼業をさせちゃ、あんまりなんで」

「案ずるな、柿六ではない。そいつは、何故だか知らぬが、讃岐綾歌藩の上屋敷に逃げ込んだらしい」

「え……？」

そのことについては、雷五郎も不思議そうに首を傾げた。

「綾歌藩なんぞ小藩に過ぎぬが、厄介なのは徳川御一門ということだ。そして妙なことに、その屋敷にまだ留《とど》まっておるとか」

　雷五郎が安堵《あんど》したように、

「では、殺されたのは、柿六ではないということですね」

と言うと、板東は心を抉るように目を細めた。

「さよう……いずれ町方が突き止めるであろうが、雁次《がんじ》だ」

「が、雁次……どうして奴を……」

「悪い了見を起こしたのだ。奴は前々から、おまえの言うことに、あれこれと逆らっていたそうではないか。根っからの悪党だったようだしな」

「たしかに、あいつも、あっしが拾った奴ですが、殺しをしたこともありやす。けど、鍵師としちゃ腕はいいし、殺しも相手が斬りかかってきたからで……ですから、盗っ人として鍛え直してたんですが」

「おまえの親心は分からないでもないが、奴はこの儂を脅してきおった」

「え……？」

　意外な板東の言葉に、雷五郎は驚いて目を見張った。

「雷五郎を裏で操っているのは、この儂だ……そのことをバラすとな。それでは、儂の慈善事業もできなくなる。ゆえに、奴には消えて貰った。自業自得というわけだ」

「そして、御前様にとっては、一石二鳥というわけですね」

「──皮肉か、雷五郎。儂はおまえを助けたい一心で、知恵を絞ったのだ。むふ、でなければ、今頃は、おまえは刑場送り。そして、この儂も危うい立場に追い込まれたやもしれぬ」

「それで、雁次を……」

唇を嚙《か》んだ雷五郎は、いたたまれない顔になって、思わず声を強めた。

「そうではねえでやしょ。本当は、あっしのことも消すために、牢屋敷からわざわざ引きずり出させたんじゃ？」

「……」

「図星でやすね。刑場に送られる前に、大岡様に喋《しゃべ》るとでも思ったのですか？でも、御前様。あっしは決して、あなたへの恩義を忘れてないつもりです。本当なら、とうの昔に、この首はねえんでやすから」

チョンと自分の首筋に手刀を当てた雷五郎を、板東は鋭い目で凝視し続けてい

た。そして、ふっと溜息をつくと、

「そんなふうに思ってたのか。儂は、おまえを助けたかった。そして、雁次のような下卑な輩を始末しただけのことだがな」

「では、源助はどうなんです」

「源助……？」

「こいつも、あっしが足を洗わせた手下で、何処かに姿を消したままらしい。そう小耳に挟んだものでね」

「知らぬ」

「南町の伊藤って同心が追ってるはずだが、未《いま》だに見つからねえ。やはり、御前の手の者がバッサリと……」

睨み上げる雷五郎に、板東は呆れ果てたような笑みを零《こぼ》した。

「そうか……そこまで信頼されてないのなら、仕方がないな。おまえだけは忠義の男と思うておったがな……おいッ」

板東が声をかけると、廊下からドッと浪人たちが現れた。先刻、猿吉を襲った連中である。

「おまえを殺して簀巻《すま》きにして、荒川《あらかわ》まで運んで流してやるよ」

「生かしておっては、後々、面倒になりかねぬからな……大人しく素直に従っておればよいものを……」

「てめえッ――」

雷五郎は立ち上がったが、浪人たちは抜刀して取り囲んだ。今にも斬りかかろうとしたとき、「きゃあ！　人殺しい！」と大声で叫ぶ女の声がした。

「誰だッ」

床の間の刀を摑んで立ち上がった板東は、廊下の片隅に、町娘姿の桃香がいるのを見た。なりふりかまわず、

「きゃあ！　人殺し！　人殺しだあ！」

と桃香は叫んだが、板東は動揺することもなく睨みつけて、

「娘……何処から入った。かような所で何をしておる」

ズイと廊下に踏み出た。だが、桃香は怯むことなく、

「屋形船をひたすら尾けてきたんですよう。これでも足には自信があるんでね」

チラリと着物の裾を捲《めく》って見せた。浪人たちが白い足に目を吸い寄せられた隙に、桃香は素早く雷五郎の元に近づいた。

「！……」

「舐めた真似を……一体、誰に頼まれた」

カッと板東は睨んだが、桃香はニッコリ微笑《ほほえ》み返して、

「誰にも頼まれてませんよ。あんたのような狡《ずる》い奴が、私は一等、我慢がならないんです。絶対に許せませんッ」

「何が許せませんだ。構わぬ、この小娘も一緒に始末してしまえ」

板東が命じると浪人たちが、桃香と雷五郎に同時に斬りかかった。が、桃香はするりと躱して相手から刀を奪い取ると、アッという間に、一太刀二太刀振って、浪人たちの小手や額を打ちつけ、さらにブンと三太刀四太刀と薙《な》ぎ払って、浪人たちの帯を斬った。

さすがは若君として、日頃から稽古を絶やさず、一刀流を極めてきただけのことはある。なまくら剣法の浪人者など敵ではないのだ。だが、桃香は女であり、敵の数も多い。騒ぎを受けて、板東の家来もドドッと集まってきた。

そのとき――。

屋敷の塀の外を囲むように、サッと数十の御用提灯が掲げられ、暗かった庭の隅々が照らされた。

「南町奉行所である！　地獄の雷五郎が一味、雁次殺しの浪人を捕縛に参った！

速やかに差し出されますよう！」

大声を張り上げたのは、伊藤であった。

板東は塀の外の町方に向かって、

「無礼者！　ここを誰の屋敷と心得ておるッ。しかも、大岡は謹慎の身のはず！」

と牽制《けんせい》するように言った。だが、伊藤はさらに怒鳴るように、

「奉行は不在でも、老中の堀田《ほった》様直々の差配にて、殺しの下手人並びに、それを命じた盗賊を召し捕れとのこと！　尋常にお従い下さいますように申し上げまする！　さもなくば、老中直命にてお屋敷に乗り込みまする」

「おのれ……」

とんだ邪魔が入ったとばかりに、板東が唸っているうちに、いつの間にか、桃香と雷五郎の姿は消えていた。

八

翌日、南町奉行所のお白洲《しらす》に、再び雷五郎が座っていた。

その横には、柿六と源助の姿もあった。

謹慎を解かれた大岡が壇上に現れると、罪人たちは、蹲《つくば》い同心に促されて、平伏した。しばらくすると、裁決を見守るために臨席する板東も来たが、顰《しか》め面で居心地《いごこち》が悪そうであった。

「これより、雷五郎の子分、雁次殺しにつき吟味致す。皆の者、面を上げい」

大岡が声を発すると、雷五郎たちは上目遣いで顔を上げた。威儀を正した能吏然とした町奉行に、柿六と源助は恐縮したように打ち震えていた。

「その前に、大岡殿……何故、身共がこの場に呼ばれたか。そして、おぬしの謹慎が解けた理由を聞きたい」

板東がジロリと見やると、大岡が整然と答えた。

「南町同心の伊藤洋三郎が探索をした末、例の脅し文による殺しの下手人を見つけたことにより、お白洲は身共がせよと評定所が判断をし、老中からの命令が下ったこと。そして、板東様に臨席して貰ったのは、貴殿の屋敷内にその下手人がいたからです」

「身共の屋敷に……？」

「違うとおっしゃるのならば、今から執り行われる吟味にて、ご意見を賜りとう存じます。宜《よろ》しいですかな」

凛然《りんぜん》と言ってのけた大岡は、さっそく雷五郎に問いかけた。

「そこにいる柿六と源助は、かつておまえの子分だった男だな。正直に申すがよい。そのふたりは既に白状しておるぞ」

「――へえ、間違いありやせん」

雷五郎は元より嘘を言うつもりはないと付け足した。

「源助は、伊藤が訪ねて来たがため、捕縛されると思い、咄嗟に逃げたという。旧悪がバレては、せっかく堅気になっているのに、元も子もないとな」

「あっしが足を洗わせやした」

「柿六もそうだな」

「へえ。こいつは、つい近頃まで仲間におりやしたが……やはり、まとまった金をやって、へえ……」

だが、こうして捕らえられた上は、柿六と源助も、他の仲間と同じように処刑されるのではないかと、雷五郎は不安になった。

「どうか大岡様、あっしのことは構いません。ですから、こいつらは……」

「控えろ、雷五郎。問われたことに答えよ」

厳しい顔つきになって、大岡は続けた。

「門前仲町の紋三の手の者たちが捕らえし、髭の浪人……田端五兵衛《たばたごへえ》というが、こやつは既に吟味の上、牢屋敷に留めておるが、奉行所に脅し文を届けたことを認めた。むろん、雷五郎、おまえを助け出すためだ」

「……」

「その上、田端は、雁次殺しは、仲間の浪人がやったと白状しておるぞ……だが、それを命じた者の名は出しておらぬ。誰の差し金だ。申してみよ」

「それは……分かりませぬ」

「この期に及んで白を切る……いや、庇い立てをするか。ならば、こっちが言うてやろう……ここにおわす寺社奉行・板東伊賀守。さよう相違ないな」

「……」

「しかも、おまえたちを操っていたのも、板東伊賀守であろう」

大岡が問い詰めると、雷五郎が答える前に、板東が身を乗り出して、

「何の茶番だ、大岡殿。儂は、そこな連中には会うたこともないぞ。浪人どもも知らぬ。昨夜、南町の同心たちが大仰に提灯を掲げて来おったので、屋敷内を改めさせた……雷五郎はもとより、浪人などもいなかったはずだ。それゆえ、伊藤とか申したか、奴らは引き上げたではないか」

と猛然と抗議した。

「たしかに屋敷の中には、もはや誰もおりませなんだ、家来の方々以外は……しかし、そこには確かに、雷五郎、おまえはいたであろう？　証人もおる。正直に申せ」

「それは……」

「庇う必要があるのか。おまえは、まさにそのとき、板東殿に殺されそうになったのではないのか？」

「！……」

雷五郎は無言のまま俯いた。大岡にはその内心が手に取るように分かった。もし、ここで、板東が〝主犯〟であることをバラしたら、今までの善行はどうなるのか、子分たちの身の上も心配だった。雷五郎はそう考えているに違いない。

「では、雷五郎……そこな柿六は、おまえを恩人と申しておるが、田端らに命を狙われたとき、さる藩の屋敷に逃げ込んだ……たまさかのことらしいが、恐れ多くもその藩の若君にこの場に来ていただいた」

大岡が一礼をすると、奥の襖《ふすま》が開いて、涼やかな総髪の若君が、白綸子《しろりんず》の羽織姿で登場した。もちろん——桃太郎である。御一門であるから、徳川本家や御三家とは違うが、同じ丸に葵《あおい》の御紋が、白羽織の胸にあった。

「柿六なる男、たまさか逃げ込んできたのだが、色々と話を聞きましたぞ、板東殿。貴殿が雷五郎をして、盗みをさせておるとな」

静かな声を発した桃太郎を見て、板東は狼狽した。

「いや、それは……」

「雷五郎には、貧しき者病める者に金をばらまくと言っておったそうですな。たしかに、それらしき行いはしていたようだが、爪の垢《あか》ほどのこと。後は自らの腹に入れておったとか……そのことを知ったがために、柿六は狙われ、はたまた雁次は殺された」

桃太郎の言葉に、板東はウッと声を洩《も》らしたが、そのまま硬直したように、黙して語らなかった。お白洲の雷五郎たちも、固唾《かたず》を呑《の》んで見上げていた。

「そこまで、おっしゃるのでしたら、松平《まつだいら》様……証拠はあるのでしょうな」

「ない」

「ええ？　ならば何をもってして……」

「ゆうべ、町娘が屋敷に乗り込んだであろう。その娘がすべてを見聞きしておった。その者は、私の密偵じゃ」

「今頃は、上様の采配をもって、板東殿の屋敷はすべて、大目付とその手の者たちが、調べておるであろう」

「ま、まさか……」

「我が讃岐綾歌藩は、代々、奏者番の職にあり、旗本職の大目付も兼任することもあったこと、承知しておりましょう。それこそ、奏者番を拝命されることもある寺社奉行でありながら、かような醜態は見苦しいに尽きる。評定所の裁決が出る前に、自ら進退を処するが宜しかろう」

まるで将軍の代わりに命じたような、堂々とした振る舞いに、大岡も感服していた。

——まさか……これは女ではなかろう。上様の勘違いではないか？

と思った大岡であった。

その場に居たたまれなくなった板東は、サッと立ち上がって逃げようとしたが、
雷五郎が声を上げた。

「お待ち下さい、御前様……あっしはたしかに、あなた様の言いなりになって、盗みを働きました。でも、それは困った人を助けるため……世のため人のためと

いう御前様の熱き思いを成し遂げたいがために……」

「黙れ！　儂はおまえなんぞ知らぬ！　なんじゃ、この茶番は！　知らぬ、知らぬ！」

大声を上げながら脇差を抜いた板東は、大岡をめがけて斬りかかった。それを、咄嗟に桃太郎はヒョイッと投げ飛ばした。宙を舞った板東が壇上から地面に落ちたのへ、蹲い同心たちが飛び掛かった。

その後、板東は切腹の上、御家断絶。雷五郎たちは終生遠島となったが、柿六と源助は江戸所払いという軽い刑で済んだ。すでに盗っ人ではなく、かつて盗っ人だったという確たる証もないからである。

さて――。

一段落ついた頃、またぞろ町娘姿で、十手を振り廻しながら、こそ泥を追いかけている桃香の姿があった。子分のように一緒についているのは、なぜか猿吉だった。

それを心配そうに見ている『雉屋』の福兵衛がおり、さらに犬山勘兵衛が性懲りもなく見張っていた。

「猿に犬に、雉か……これでは、まるで桃太郎の鬼退治だな」

遠目に見ていた紋三が、ポツリと呟いた。横で聞いていたお光《みつ》が、

「何の話？」

と訊き返した。が、紋三は黙って笑っているだけであった。

柿六が桃太郎の命の恩人だというのは、実は——若様の姿で出歩いていたとき、具合が悪くなって倒れたことがあった。そのとき、通りかかった柿六が助けてくれ、一晩面倒を見てくれたのだが、

「女だ……」

と気づいたのである。しかし、そのことは誰にも話さぬと秘密の約束をしていた。何か困ったことがあれば、訪ねてくるよう、桃太郎は柿六に言っていたのである。ゆえに、たまさか逃げ込んだのではない。

桃太郎も、まさか盗っ人の仲間とも思わなかった。が、柿六は根がいい奴なのであろう。事情を察しながらも、秘密はずっと守り続けていたのだった。それゆえ、此度も何とか、所払いで済ませることに、桃太郎は尽力したのだった。

紋三は所払いをする折に随行し、柿六から巧みに聞き出して、この事情を知っていたのだが、もちろん知らぬ顔をしている。

「向こうだ、猿吉！　とっ捕まえて！」

「がってんでえ！」

富岡八幡宮の境内には、桃香と猿吉の声が飛び交っていた。

第四話　おのれ天一坊

一

廻船問屋《かいせんどんや》『薩摩屋《さつまや》』が抜け荷をしているという嫌疑を受けて、紋三《もんぞう》は現場を押さえるために、本所《ほんじょ》・弥勒寺《みろくじ》に忍び込んでいた。

もちろん南町奉行所からの命令であるが、紋三も前々から、『薩摩屋』が南蛮渡りの物品を密《ひそ》かに売り捌《さば》いていることは、噂《うわさ》として耳にしていた。

日頃から、『薩摩屋』は得意先らを集めて、弥勒寺で茶会を催していたのだが、そこで南蛮渡りの銀の器や陶器、硝子《ガラス》細工から酒、果ては阿片《あへん》まで、嗜好《しこう》する者たちに特別な値で売っていたのだ。人気の象牙などは競売をして楽しむくらいであった。

本所深川界隈《ふかがわかいわい》では紋三の顔はよく知られているから、商人や寺男に扮《ふん》して探索をすることは難しい。縄張りでない所であれば、幾らでも紛れ込むことができようが、地元では無理だと思われた。

だが、京の本山から弥勒寺に赴任したばかりの住職は、紋三の顔を知らない。地元の商人は客の中にはいない。ほとんどが日本橋《にほんばし》や京橋《きょうばし》、神田《かんだ》辺りの大店《おおだな》の主人が、抜け荷の〝品評会〟の常連である。

門前仲町《もんぜんなかちょう》の紋三親分の名は、江戸市中に知れ渡っているが、実は一般庶民は、それほど顔は見たことがない。紋三の門弟である十八人衆の方が、よほど顔が売れているのだ。

鉄砲洲《てっぽうず》に店を構えている『薩摩屋』の主人・角右衛門《かくえもん》も紋三とは面識がない。そこで、紋三は『薩摩屋』と昵懇《じっこん》である本所の川船問屋『三嶋屋《みしまや》』の主人・季兵衛《きへえ》を説き伏せて、その用心棒として弥勒寺に潜り込むことになったのだ。

境内には、まるで縁日のように屋台がズラリと並び、中には食べ物屋や茶店もあった。それほど大がかりな催し物で、招待された客だけが回遊できることになっている。

骨董市《こっとういち》のような賑《にぎ》わいの中を、紋三は季兵衛を庇《かば》うように、チラチラとあちこちに目配《めくば》せをしながら境内の様子を窺《うかが》っていた。もちろん十手は持っておらず、粋な縞柄《しまがら》の着流しで、雪駄《せった》をペタペタ鳴らして、肩で風を切っていた。

いかにもならず者風に見えたが、若い頃は喧嘩《けんか》屋紋三と異名があったくらいだから、しっかり板に付いていた。

「――親分さん……ちょいと、やり過ぎではありませんか」

季兵衛が小声で言うと、紋三は目配せをして、

「〝絞次郎《こうじろう》〟とでも呼び捨てにして下せえ」

「あ、これは申し訳ない。そういう段取りでしたな」

いかにも小心者風に、季兵衛は首を竦《すく》めた。見るからに細身で気弱そうな、生《き》真面目《まじめ》だけが取り柄の商人だった。

「そんなふうに、頭も下げちゃいけやせん」

「ええ……でも、本当に大丈夫ですか」

「任しておくんなせえ。決して、旦那には迷惑をおかけしやせんから」

呟《つぶや》くような紋三の言葉に、季兵衛は従うしかなかった。

それにしても、寺社地を抜け荷の処分場所に使うとは阿漕《あこぎ》なことをするものだと、紋三は心底、腹が立っていた。町方与力《よりき》や同心が踏み込めないことを百も承知で、堂々と悪事を働いているからである。

門前仲町は、永代寺《えいたいじ》と富岡八幡宮《とみがおかはちまんぐう》、それに深川不動尊などによって栄えており、

地元の人々は毎日、参拝をしているほど信心深い町である。さほど遠くない寺で脱法行為がされていることを、岡っ引としてではなく、人としても許せないと感じていた。寺社地が多いのをいいことに、前にも似たような抜け荷事件を起こした輩《やから》がいたが、今般は根が深いと紋三は感じていた。

本堂の縁側から、新任の住職の清蓮《せいれん》が境内の出店のような光景を眺めている。黒い法衣に白い頭巾姿である。

——おや？

と見上げた紋三は、季兵衛に訊《き》いた。

「住職というのは、尼さんかい？」

「親分、ご存じなかったのですか。この弥勒寺は元々は尼寺ですよ」

「そりゃ知ってるが、たしか八代将軍吉宗公が就いた頃に、禅宗に変わったはずだが」

「でも尼も出向いてきたんです。深川の駆け込み寺とも言われてますからね」

たしかに、尼寺だった頃は、永代寺や回向院《えこういん》との関係もあり、吉原《よしわら》や岡場所から逃げてきた可哀想《かわいそう》な女たちを匿《かくま》う所として知られていた。弥勒菩薩《ぼさつ》が本尊であるのも、哀れな女たちを救済するためである。

「そうかい……俺としたことが不覚だった。尼寺だけにちょいと甘かったな」

「駄洒落《だじゃれ》を言っているときではありませんよ」

季兵衛はなぜか兢々《きょうきょう》とした顔で、辺りを見廻《みまわ》していた。

清蓮の側《そば》には、他にも数人の尼たちが寄り添うように立っていた。護衛のようにも見える。尼のくせに、とんだ生臭坊主だと、紋三はさらに怒りが込み上げてきた。

だが、焦りは禁物である。今すぐにでも、出店の商品の中から、抜け荷のものを引っ張り出して不正を問い質《ただ》すのは簡単なことだ。しかし、肝心な元凶を見つけて叩《たた》き潰さなければ意味がない。イタチごっこの繰り返しとなる。

紋三は季兵衛の用心棒のふりをして、広い境内を散策しながら、清蓮たちの挙動も注視していた。すると、

「これは『三嶋屋』さん。珍しいことがあるものですなあ」

と声をかけながら近づいてくる、でっぷりと肥えた商人がいた。いかにも豪商らしい自信に満ちた顔つきと態度で、羽織の紐《ひも》ひとつにも相当の金をかけているようだった。

これが『薩摩屋』の主人・角右衛門である。

「番頭の幸兵衛《こうべえ》から、あんたが来ると聞いてはおりましたが、少しは南蛮渡来の物を愛《め》でる気持ちが芽生えましたかな」

南蛮渡来の物と堂々と言うのも、境内が〝結界〟であることに安心しているからである。違法なことゆえ、もちろん寺社奉行が取り締まるべきことであるが、それすら気にしていないということは、『薩摩屋』と寺社奉行も裏で繋《つな》がっているという証左であろう。

「それにしても、素晴らしいものばかりでございやすねえ。あっしもすっかりお勤めを忘れて、目の保養をさせて貰《もら》っておりやす」

紋三が謙《へりくだ》ったように腰を屈《かが》めて、上目遣いで角右衛門を見上げると、季兵衛の表情には少し緊張が走った。

実は前にも、永代寺で似たようなことがあり、紋三が乗り込んで大立ち廻りをしたことがある。それが突然、始まるのではないかと、季兵衛は思い起こしていたのである。

「おまえさんは？」

チラリと紋三を見てから、

「……ああ、『三嶋屋』さんの用心棒かね」

と角右衛門は季兵衛の方に訊いた。

「ええ、まあ、そういうことです。近頃は、この辺りも何かと物騒なもので」

「だが素性の知れぬ者を入れるのは、遠慮して貰いたいものだね」

「いえ、決してそのような……」

「分かってますよ。『三嶋屋』さんだから、ぬかりはないでしょう。でもね、ご承知のとおり、この寺は……ですから、気をつけて下さらないと困りますよ」

肝心なことは曖昧に言って、角右衛門は紋三を睨《にら》みつけてから、

「まあ、せいぜい楽しんで行きなさい。季兵衛さんを命がけで守らなきゃならないようなことは、この境内にいる限りはありませんがね。ふほほほ」

と笑って立ち去った。

万全な警固がされているとでも言いたいのであろう。たしかに、角右衛門の用心棒らしき浪人たちが、本堂の周辺、境内のあちこちで目を光らせている。何か異変があれば、奴《やつ》らが動くのであろう。

角右衛門が席主となった〝大寄せ〟の茶会も恙《つつが》なく進み、本日の逸品である青磁壺《つぼ》、黒砂糖、珊瑚《さんご》、ギヤマンなどを客人に渡そうとしていたときである。

まるで戦国武将のような鎧兜《よろいかぶと》を身につけた武士が数人、突如、本堂に乗り込ん

できた。槍《やり》や鉄砲、弓矢などを抱えている。

「おお！　これは豪気で素晴らしい！」

誰かが声を上げると、他からもヤンヤの声援が飛んだ。だが、紋三だけは、

――妙だな。

と感じていた。催し物の一環とは思えぬ張り詰めた緊張と気迫を、武士集団たちが発していたからである。

次の瞬間――ダダン！

鉄砲侍が発砲し、弾丸は本尊の弥勒菩薩の目のあたりを貫通した。さらに次に射た矢は、ブスリと由緒ある襖《ふすま》を突き抜き、見張り役の浪人の肩に突き立った。

鮮血が飛び、苦痛に喘《あえ》ぎながら、浪人はその場に崩れた。

角右衛門は驚いて立ち上がり、「先生方！」と悲鳴のような声を上げると、他の十人余りの浪人たちは一斉に抜刀し、甲冑《かっちゅう》の武士たちに斬りかかった。だが、一瞬のうちに矢を放たれ、鉄砲で撃たれ、それでも斬り込んでくる者は、バッサリと斬り倒された。

余興ではないと驚愕《きょうがく》した客たちは、腰が砕けそうになりながらも、山門の方へ向かいかけたが、そこにも甲冑の武士がいて、車輪のついた大砲まで構えていた。

その傍らには、やはり鉄砲や槍を構えた者が数人、容赦なく殺すぞとばかりに立っている。

「この寺は、たった今、我らが乗っ取った！　おまえたちはみな人質である！」

頭目格の男が朗々とした声を上げた。

不思議なくらい透き通った軽やかな声で、しかも、この男だけは顔を晒《さら》している。

総髪で束ねた髪は背中に届くほど長く、屈強な体軀《たいく》でありながら、涼しそうな凜《りん》とした瞳が印象に残る青年であった。

その横には、青年よりも大柄で強そうな赤い甲冑の武士が立っていた。

あっという間に、甲冑の侍は角右衛門を捕らえ、本堂の縁側から鉄砲や槍を客たちに向けて威嚇した。

「皆の者はその場に座れ！　立ったままの者は問答無用に殺す！」

赤い甲冑の武士が声を張り上げた。殺すという言葉に気迫が籠もっていた。客人たちはみな悲鳴を上げながらも、その場にしゃがみ込んだ。

紋三だけは立ったままだった。

「何をするつもりでえ！」

思わず叫んだが、間髪を入れず、矢が飛んできた。紋三は咄嗟《とっさ》に座り込んだが、ブンと空を切る音がして、飛来した矢は背後の松の木に突き立った。

――奴らは本気だ……だが、一体、何者なんだ……!?

紋三は突然、降って湧いた騒動に驚きながらも、冷静な目で見守っていた。

傍らでは、ぶるぶると震えている季兵衛が情けない声で、

「だ、だから……何か嫌な予感がしたんだ……まったく……」

と情けない声を漏らした。

二

頭目格の若い男は、やはり朗々とした澄んだ声で、

「悪《あ》しきものは怯《おび》えるがよいが、善なる者は恐れることはない。私は皆の衆を殺したい訳ではない。言うことを聞いてさえおれば、危害は加えぬゆえ、安心するがよい」

と言って、しゃがみ込んだ人々を見廻しながら、堂々と名乗った。

「私の名は、天一坊《てんいちぼう》。八代将軍吉宗《よしむね》公の落胤《らくいん》である」

一瞬にして、境内には溜息《ためいき》と感嘆の入り混じった声が漏れ広がった。何処《どこ》かから、「嘘《うそ》だ」「そんなはずがない」などという囁《ささや》きも聞こえたが、天一坊と名乗った若者は、非難することもなく、

「真実である。上様に成り代わって、抜け荷の罪を犯した者を成敗しにきた」

と言った。

天一坊とは、吉宗が紀州《きしゅう》藩主になる前に和歌山領内や支藩である田辺《たなべ》などを漫遊していた頃、懇ろになった町人の娘に産ませた子である。母親の美奈《みな》は、吉宗が出した由緒書や脇差などを与えられた。つまり、吉宗は我が子と認めていたのである。

当時、吉宗はまだ部屋住み同然で、形式的には越前葛野《えちぜんかずらの》藩三万石の藩主ではあったが、当地に赴いたことはなく、紀州領内を自由闊達《かったつ》に放浪していた。このことで、庶民の暮らしぶりに目を向け、後に紀州藩主として力量を発揮した。さらに将軍に就任して行った〝享保《きょうほう》の改革〟は、世情に通じているがゆえにできる善政であった。

吉宗は美奈を自分のもとに置きたかったが、まだ若い身であり、紀州家も認めることはなかった。それゆえ、美奈の方から身を引き、縁あって江戸の商家に嫁

いだ。何不自由なく暮らしたが、天一坊本人は、吉宗の御落胤だとは知らずに育てられた。

しかし、まだ天一坊が元服する前に、美奈が流行病《はやりやまい》で病死したために、出家を決意し、修験者《しゅげんじゃ》の山伏として様々な霊山にて修行をした。その間、泣き言のひとつも言わなかった。母親が亡くなる直前、

「――あなたは、紀州藩主で今は、八代将軍になられている吉宗公のお子なのです」

と語ったからである。今際《いまわ》の際《きわ》の母親の声を忘れることができなかったが、これは秘密にしておかねばならぬと、天一坊は胸に秘めて世俗を離れ、ひたすら自己修練をし続けてきたのだった。

だが、名君吉宗といえども、世の中を良くすることができず、未《いま》だに人殺しや盗賊はなくならない。それどころか公儀や諸藩の役人による腐敗政治が蔓延《まんえん》し、そのため悪事を平気でやる輩を野放しにしている。

御定法を守るべき立場の人間が、勝手な振る舞いをし、自分の都合の良いように天下国家を操っている。政事を担う権力者と商人が結託し、相変わらず民百姓には苛斂誅求《かれんちゅうきゅう》をしている。その結果、富める者はさらに富み、貧しい者は益々、

苦役を強いられ、多くの名も無き人々が犠牲になっている。
神道も仏道も人を救うためにある。天一坊は己《おの》が修行の果てに気づいたのは、
――自分こそが、足らざるところを足るように、人々を救う。
ということである。
それは、まさしく〝勧善懲悪〟であって、民が平穏で幸せな暮らしをするため
には、自分は犠牲になっても構わぬという考えに至っている。
しかし、これまで吉宗に面会を求めたことはない。
密かに父親の善政を助けるということを、己が使命と確信し、自分の手で世の
中を良くしようと事を行っていただけだ。自分が権力者になり、政事を行う気持
ちなどさらさらない。ただただ日陰の身は日陰にいたまま、父親の手助けをする。
それが孝行であると、信じていた。
だが――天一坊一党といえば、諸国のあちこちで、浪人を集めては徒党を組み、
乱暴狼藉《ろうぜき》を繰り返してきた不逞《ふてい》の輩としか、公儀は見ていない。つまりは反幕府
で、討幕を意図した危険な集団という印象がある。
それでも、天一坊自身は、
「時の政権というものは、自分たちを脅かす者たちを、勝手に反政府と位置づけ、

庶民に不安を煽《あお》り、悪党に仕立てることに躍起になるものだ。だが、私たちは違う。吉宗公の善政の陰で、密かに悪事を重ねている者たちを制裁するために、立ち上がったのだ。庶民のために全力を尽くす」

と常々、語っていた。その熱き思いに賛同して、浪人のみならず、修験者や学者が集い、共感した商人が援助しているのだ。

「皆の者、よく聞くがよい。我々は悪しきことをするために徒党を組んでいるのではない。この『薩摩屋』のように、人を人と思わず、金品を巻き上げ、女を陵辱し、人々を塗炭の苦しみに追いやる悪人を成敗するために立ち上がったのだ。善い行いをしていると人々に思わせながら、金を掻《か》き集め、贅沢《ぜいたく》を尽くすは、盗賊一味よりもタチが悪いのだ。こういう輩を成敗せねば、世の中にはもっと悪が蔓延《はびこ》る」

天一坊が朗々と語っている間に、手下に刀を突きつけられている角右衛門は、顔が真っ青になっていた。

「おまえは、『薩摩屋』角右衛門に間違いないな」

「――い、いえ……違います」

震えながら角右衛門は、天一坊に答えた。

「わ、私は……ただの使いでして……ほ、本当です……」

「抜け荷を扱っているから、本物の角右衛門は顔を出せぬというわけか」

「さ、さいでございます」

「ならば、おまえには何を聞いても埒《らち》が明かぬということだな」

「は、はい……」

「では、役立たずも同然。すぐに成敗してやるよって」

と天一坊が言うと、首を刎《は》ねるべく手下が刀を振り上げた。すると、角右衛門は必死に命乞いをして、

「嘘です。私が角右衛門です。はい、『薩摩屋』角右衛門でございますッ」

懸命に叫んだ。

「まことか」

「はい。正真正銘、私が『薩摩屋』の主《あるじ》、角右衛門で……」

「抜け荷を売り捌いている大元締めは、おぬしであることも間違いないな」

「はい……おっしゃるとおりです」

「ならば、本当に成敗じゃ」

天一坊が頷《うなず》くと、手下はためらいも見せず、バッサリと角右衛門を斬り捨てた。

無慈悲にあっさりと事を為《な》したので、境内にしゃがんでいる客たちは恐怖の余り、声を出すこともできなかった。

紋三も思いもよらぬ急な事態に、唖然《あぜん》となっていた。

——まずいな。このままでは……。

もっと大変なことになって、犠牲者が増えるかもしれぬと懸念した。それに、抜け荷の探索にきた紋三にとって、捕らえて裁く相手がいなくなったのだから、この場での探索も無用となった。

むしろ、目の前で、自分勝手な正義を語って人殺しをした輩を、このまま放置しておくわけにはいかない。だが、自分ひとりでは、ここにいる何十人もの人を助けることは無理だ。しかも、用心棒の浪人たちをアッという間に倒した武芸者が、天一坊一味には数々いる。

——どうすれば……とにかく、南町奉行の大岡《おおおか》様に何とか報《しら》せねば……。

紋三が苦虫を噛《か》んでいると、天一坊は角右衛門の亡骸《なきがら》を手下に片付けさせて、さらに朗々と語った。

「角右衛門と結託していた生臭坊主ならぬ、生臭尼僧、清蓮……おまえの罪はもっと深いぞ。穢《けが》れた奴めが。清廉潔白とは程遠いくせに、清蓮とは洒落にもならぬ」

「お、お許しを……」

清蓮は跪《ひざまず》き、他の数人の尼僧たちもその場に座り込んだ。

「ならば、裏堂にある蔵の鍵を開けろ」

裏堂は本堂の裏にある御堂で、代々の住職などの位牌《いはい》が安置されている。納骨堂としても使われているから、裏堂には骨が埋められていると、子供の頃によく、寺の坊主に脅されたと、紋三はつまらぬことを思い出した。

「裏堂の蔵を……何故でございまするか」

清蓮が訊くと、赤い甲冑の武士が前に進み出て、

「拙者は、天一坊様の家老、赤川大膳《あかがわたいぜん》という者である。裏堂の蔵の中には、抜け荷で荒稼ぎした二万両を隠しているはず。仏に仕える身で嘘をつくと、それこそ地獄に堕《お》ちることになるぞ」

と恫喝《どうかつ》した。

その傍らには、屈強な鎧武者がふたり、仁王のように立っている。大岩《おおいわ》、小岩《こいわ》という腕利きの手下である。

「さあ、おとなしく開けるがよいッ」

刀を突きつけられては、さしもの尼であっても、清蓮は恐怖に顔が歪《ゆが》んだ。それでも、必死に耐えながら、

「裏堂には特殊なカラクリが色々とあって、鍵ひとつでは開きません。そもそも私は赴任してきたばかり。鍵は持っていませんし、抜け荷だの何だの訳が分かりません」

「さようか。ならば、おまえも用無しというわけだな。大岩、斬れ！」

と赤川が鎧武者に命じた。

すぐさま、大岩と呼ばれた鎧武者が刀をグイッと握り直すと、小岩も身構えた。

そのとき——。

「待ちやがれ。その尼さんが、何をしたってんだ、おい！」

と紋三は思わず、大声を上げて制止した。

ジロリと見やった赤川は、さっきも文句を言った奴だと分かり、

「何もんだ、てめえ」

「この際、隠してもしょうがあるめえ。門前仲町の紋三って、ケチな岡っ引でさあ」

「なに、岡っ引？」

天一坊も赤川もただ訝《いぶか》しんだだけだが、人質になった町人たちは、顔は知らずとも名前だけは聞いたことがあるのか、あちこちで安堵《あんど》の声が漏れた。

「俺は『薩摩屋』の抜け荷について、南町奉行・大岡越前様の命で、この寺に忍び込んでいたんでさ」

「忍び込んでいた……？」

赤川がさらに睨みつけると、紋三は人を掻き分けて前に進み出た。

「きちんとした証拠を摑《つか》むためにな。悪事を暴いて、阿漕な奴を制裁するのは、天一坊さんとやら、おまえさんと同じだ」

「控えろ、下郎ッ」

強い口調で、赤川は言った。上様の御落胤に対して無礼だと罵ったのだ。大岩たち鎧武者も抜刀して睨みつけた。

だが、紋三は怯《ひる》むどころか、さらに声を強めて、

「当代様の御落胤ならば尚更《なおさら》、かようなやり方はいけやせんや。幾ら悪党であっても、問答無用に斬り捨てたんじゃ、御定法に反しやすぜ、天一坊様……あなたのお父上は、公事方御定書をまとめて、御定法に照らして裁くよう配慮してやす。将軍様や老中、お奉行であっても、証拠もなしに斬り捨ててはならねえんです

ぜ」

「黙れ。町人の分際で、我らに説教するつもりか」

「角右衛門は阿漕な奴だからと斬り捨て、その金を強引に奪うのならば、押し込み人殺しも同じじゃありやせんか」

毅然《きぜん》と見上げた紋三を、赤川は歯痒《はがゆ》そうに睨み返して、

「貴様ッ。構わぬ。その岡っ引も……」

と目配せをすると、近くにいた浪人がすぐさま斬りにかかった。

紋三は周りの町人を押しのけて危害が加わらないようにしてから、素早く本堂の方に近づきながら、斬りかかってくる浪人たちを蹴倒し、投げ飛ばし、拳骨《げんこつ》で叩きのめした。次々と浪人たちを倒す紋三に、

「おのれッ――！」

背後から赤川が斬りかかろうとした。すると、

「待ていッ」

と止めたのは天一坊であった。

「殺すな。その者の言うとおりだ。罪は、法によって裁かねばならぬ……紋三とやら。おぬし、大岡殿の命令だと言うたな」

「なるほど……少なくとも、寺社奉行の板倉日向守《いたくらひゅうがのかみ》が関わっているということか」

「ですが、寺社奉行の支配地ゆえ、なかなか探索が進みませなんだ」

「ならば、この寺は大岡殿が目をつけているということか」

「へえ、さいで」

「でしょうな」

「そのことは、この天一坊も薄々、勘づいておった。それゆえ、かような乱暴な手口を使《つこ》うたのだ。紋三、面白い奴よのう」

「だったら、ここの人質をさっさと帰してやって下さいやせんか」

「そうはいかぬ」

紋三の求めには応じず、天一坊は淡々と言った。

「ここにいる連中も、抜け荷と承知で、金にものを言わせて手にしようとした輩。それもまた罪であろう。こやつらも皆、大岡様に引き渡さねば不公平というものではないか」

理屈は間違っていない。紋三が一瞬、答えに窮していると、

「この場は上様に成り代わって、天一坊が取り仕切る。皆の者、そう心得よ！」

天一坊は、これまでとは違って、明らかに威嚇するような強い声を発するのだった。

三

弥勒寺に異変があったことは、まったく外には伝わっていない。鉄砲の音がしたり、人々の騒然とした声が上がったのは聞こえたが、祝いの爆竹騒ぎでも起こしているのであろうと、近在の者は思っていた。

そもそも、寺の中で抜け荷の特売が行われていることは秘密である。そこに賊が乱入したことも知られるはずがなかった。

だが、夕暮れになっても、閉じられたままの山門は開かず、誰も出てこないことを、周辺の者たちは不思議に感じていた。しかも、寺の周りには、所々に松明《たいまつ》が掲げられ、槍や刀などで武装した番兵が巡廻している。

——ただ事ではない。

と誰もが気づき始めた頃、紋三の妹・お光《みつ》も心配して様子を窺いに来ていた。

「これは、お光ではないか」

声をかけてきたのは、城之内左膳《じょうのうちさぜん》であった。讃岐綾歌藩《さぬきあやうた》の江戸家老である。

弥勒寺からは程近い、本所菊川町《きくかわちょう》に、綾歌藩の上屋敷があった。周辺には、田安《たやす》家や一橋《ひとつばし》家など徳川御一門の屋敷もある土地柄で、綾歌藩も徳川《とくがわ》家ゆかりの家柄。藩主の松平《まつだいら》讃岐守には、八代将軍吉宗のいとこが嫁いでいる。

「ああ、これは城之内様……ご家老様も、この弥勒寺のことを調べておいでですか？」

「儂《わし》も……ということは、紋三が探索をしておるのか」

「――あ、その……」

お光は余計なことを言ったのではと、口を閉ざした。だが、城之内の方が先に、

「抜け荷の探索であろう。実は前から、我が藩でも内偵しておってな、大岡奉行に相談をされていたのだ」

「大岡様から……」

「うむ。知ってのとおり、我が藩は代々、奏者番《そうじゃばん》や寺社奉行を務める家柄であって、諸大名の内情を探ったり、寺社奉行の素行を調べることなども、上様直々に密かに執り行っているのだ」

「そんな秘密を私なんかに話してよいのですか？」

「大岡様が全幅の信頼を置いている紋三の妹君ゆえな。間違いはなかろう」

「妹君だなんて……」

「いやいや。密かに兄の探索の助けをしていると小耳に挟んでおるぞ」

「そんなことはしてませんよ。第一、御用に口出しをすると、兄《あん》ちゃんは凄《すご》く怒るんですよ、ほんと」

お光は微笑《ほほえ》みかけたが、なかなか出てこない紋三のことが気が気でなかった。それに、いつも紋三に不快な感情を剝《む》き出しにしている城之内が、調子よく「妹君」だとか言って、様子を探っているのも何となくおかしい。あまり余計なことは言わない方がいいなと、お光は思った。

「それにしても変ですよね……山門が開かないなんて、何かあったのかしら」

心配げに眉根を上げるお光に、城之内も顰《しか》め面になって頷いて、

「ずっと儂も様子を窺っているのだがな、どうも埒が明かぬ。境内に何か異変が起こったことは間違いないと思うのだ」

「異変……」

「見よ、この警固の凄さを……まるで天下人が参拝にでも来たかのような物々しさだ。昼間、聞こえた鉄砲の音も気になるし、寺社奉行の板倉様に使いをやった

ところだ」

だが、じっと待っているばかりで、城之内自身が善処できないことに、苛立《いらだ》っているようだった。

「お姫様は何と……」

「ん？　お姫様？」

城之内が怪訝《けげん》そうに首を傾《かし》げると、お光は目をパチクリとさせて、

「失礼を致しました。お姫さまのように白い肌で、華奢《きゃしゃ》な感じの若君様のことです」

と誤魔化すように言った。

「お光は……会ったことがあるのか？」

「ええ……一度……富岡八幡宮だったかしら……乳母の方と一緒でした」

「さようか」

綾歌藩の跡継ぎである桃太郎は、本当は姫だが、藩主と国家老、亡くなった母親のお菊《きく》の方、奥女中の久枝《ひさえ》ら一握りの者だけの秘密である。城之内とて事実は知らない。だが、時折、勝手に屋敷の外を出歩く桃太郎君の態度には、ほとほと手を焼いていた。

「今般の抜け荷のことに関しても、桃太郎君はかなり興味を抱いていたようだが、下手《へた》に首を突っ込むと、その御身が危うくなるやもしれぬからのう……」

城之内としては、桃太郎の耳には詳細をいれぬようにしていたという。

「それにしても、我が藩の凛々《りり》しい若君のことを、お姫様とはなんとも無礼な」

城之内は不愉快な顔になった。とはいっても、

――何かある。

と本人も感じていた。奥女中の久枝がちょくちょく、若君と連れだって屋敷を出ていることがあったからだ。

下々の暮らしを見るのも、藩主としての務めと理由をつけているが、出て行った先で行方知れずになることが多かったから、城之内は案じていたのだ。

お光はその事情を、紋三から聞いて知っていた。はっきりと言われたわけではないが、時に応じて、紋三の御用に首を突っ込んでくる桃香《ももか》こそが、綾歌藩の〝若君〟として育てられた姫だと気づいていたのだ。

「とにかく城之内様……徳川御一門の威光を使って、弥勒寺の様子を探って下さいましな。でないと本当に心配です」

「分かっておる。まずは、この中におる紋三と何とか繋ぎを取りたいものだな。

さすれば、何か良い知恵を授けてくれるやもしれぬ」

「あら、ご家老様は、兄ちゃんのこと、頼りにしてくれてるんですね」

「――いや、そういうわけではないが……かような異常な事態ゆえな……まこと、何が起こっているのか不安じゃわい」

とは言っているものの、城之内は抜け荷の事件を解決して、綾歌藩の手柄として、若君の幕府での地位を高め、奏者番に推挙して貰おうと考えていることが見え見えであった。若君の出世に尽力するのもまた臣下の務めかもしれぬが、あえて危険を冒すことはあるまい。抜け荷をするほど悪辣な者たちだから、何をしでかすか分からないからだ。

もっとも――。

弥勒寺の中は、抜け荷一味ではなく、天一坊という〝世直し一党〟もどきが闖《ちん》入《にゅう》していたことを、ふたりともまだ知らない。

紋三は他の町人たち同然に、捕らわれの身同然であった。

商人たちは日本橋や京橋などの大店の主人である。つまり、商売にかけては遣《や》り手《て》の集まりだ。しかも、抜け荷を承知の上で、買い漁《あさ》る度胸もあるわけだから、初めは恐怖と感じていた天一坊一党に対して、次第に苛立ちを覚えてきた。

「天一坊さんとやら……」

見るからに小狡《こずる》そうな初老の商人が、おもむろに本堂に近づいた。護衛の者たちが槍の穂先を向けて制したが、怯むこともなく、

「私は、日本橋で『越前屋』という油問屋を営んでいる朔右衛門《さくえもん》という者ですが、一体、あなた方は何をしたいのですかな」

「黙れ……」

赤川が鋭い目を向けたが、朔右衛門は半ば謙りながらも、言いたいことを述べた。

「南蛮や清国《しん》、朝鮮などからの珍しい物を欲しがって、何が悪いのでしょう」

「居直るのか」

「抜け荷をした『薩摩屋』さんが裁かれるのは当然として、買った側を罰する法はありますかな？　抜け荷を売って利を得た者が罰せられるだけでしょう」

「抜け荷は売買が禁止だ。鼈甲《べっこう》を御禁制の品と知って、買って転売をしたがため、身上の三分の一を取り上げられた者もおる。むろん、売った方が罪が重く、身上の三分の二を没収の上、追放が加わる」

まるで役人のように赤川は毅然《きぜん》と説明した。

「ですが、私たちは、これらが抜け荷とは知りませなんだ。御禁制の品々ということも……知らずに買ったのに罪が被《かぶ》せられるのですか。それを隠して売った『薩摩屋』さんが悪いのではありませんか」

「死んだ者のせいにするのか」

「いえ。こちらはただ、珍しいと思って買おうとしたまででございますから、そもそも罪を犯しておりません」

「これまでも何度か、『薩摩屋』がかような催し物をしてるはずだが？」

「ですから、抜け荷とは知りませなんだ」

「惚《とぼ》けるのか」

「正直に申し上げているだけです」

朔右衛門は、多くの修羅場を潜《くぐ》ってきた商人らしく、気丈に言ってのけた。

たしかに、抜け荷は異常な高値で売買がされており、『薩摩屋』のような抜け荷をする廻船問屋側が、巨利を得ている。買った者よりも、儲《もう》けている者が厳しく裁かれて当然であろう。

しかも抜け荷の実態を、幕府や藩がすべて把握しているわけではない。海の沖で異国船と交渉する場を押さえぬ限り、摘発して証拠を固めるのは難しい。これには、長崎奉行や佐渡《さど》奉行などの遠国《おんごく》奉行が関わっていることもあるため、幕府が本腰を入れるのも難しい。

そもそも長崎交易で利を得ているのは幕府自身であるから、抜け荷を独占しているようなものである。

「だからといって、おまえたち町人がやってもよいという理屈にはならぬ」

赤川はさらに厳しい口調で言うと、朔右衛門も負けじと、

「ならば、お訊き致します。あなた方は、何の権限があって、『薩摩屋』さんを斬り捨て、私たちを裁くのでしょうや」

「天一坊様は、上様の御落胤ぞ」

「そうだとしても、将軍様でもなければ、藩主様でもなく、お奉行でもありません。いえ、何のお役人でもありません。人が人を裁くのならば、公儀のお墨付きが要るのではありませんか……そうでなければ、『薩摩屋』さんは無頼の輩に殺されたことになりますぞ」

「黙れ、黙れ！」

「いいえ、黙りませんッ」

意地を通した朔右衛門は、江戸商人の気っ風がある人物らしい。だが、このま

までは逆上した賊が、問答無用に斬るかもしれぬ。他の者にも累が及びかねない。

　様子を見ていた紋三が割って入った。

「よさねえか、『越前屋』さん……あんたの理屈はもっともだが、買った方も罪は罪だ。しかも、転売をしているという証《あかし》も、こちとら摑んでるんだ。抜け荷と知らずに買ったなんてことは、通らねえぜ」

「えっ……親分さん、あんた一体、どっちの味方ですか」

　気色ばむ朔右衛門を、紋三は窘《たしな》めるように言った。

「もちろん、あんたたち町人の味方でさ。誰ひとり死ぬことなく、怪我《けが》もすることなく、ここから出るよう努めるつもりだ。人質はあんたひとりじゃねえ。ここは、我慢してやってくれねえかな」

「ですがね……こんな輩なんか！」

　吐き出すように言って、意地でも刃向かおうとする朔右衛門の頬に、紋三はビンタを食らわせて、

「いい加減にしねえか。てめえらも『薩摩屋』と同じ穴の狢《むじな》だってことを忘れるなよ。ここでのことは、いずれお白洲で大岡様が裁くことになる。そのときに、吠え面かいても知らねえぞ、おいッ」

と脅すように言った。むろんこれは、赤川たちに手出しさせないためである。

事実、あちこちから、鉄砲や矢で朔右衛門のことを狙っている。面倒な奴は殺す——というのが、天一坊一党のやり方であることに違いはない。ゆえに、紋三は大事を避けたかったのだ。

「分かったら、とっとと下がりやがれ」

まるで天一坊の味方をするかのように、紋三は怒鳴りつけた。

そんな紋三を、本堂の片隅から、清蓮がじっと見ていた。傍らにいる尼たちも兢々《きょうきょう》とした顔で、様子を窺っていた。

——とんだことになりやがった……あの清蓮という尼も、今ひとつ何を考えているか分からねえ。

紋三はそう思って、尼たちをチラリと見やった。

四

裏堂の鍵を、清蓮は持っていない。下手にこじ開けると爆発する仕掛けがあると、清蓮は付け足した。それが本当のことかどうかは分からぬが、肝心の角右衛門を殺してしまったからには、どうしようもなかった。

赤川は手下の中に、元カラクリ師がいるのを端《はな》から承知している。その男は半《はん》蔵《ぞう》という腕利きである。早速、裏堂の仕掛けを外すように命じていた。

「ここは寺社地ゆえ、町方は踏み込んで来ることができねえから、安心せい」

「ですが、岡っ引の紋三が……」

半蔵が心配すると、赤川は取るに足らぬと吐き捨てるように言った。

「寺社奉行の板倉日向守も、まだ俺たちが踏み込んだことは気づいておらぬ。もし分かったとしても、『薩摩屋』との関わりを表沙汰にはできぬから、始末にも来るまい」

「けど、赤川様……紋三を甘く見ない方がいいですぜ」

「なに……？」

「内緒ですが、私らカラクリ師はいわば、盗《ぬす》っ人《と》の真似事《まねごと》もさせられてきやした……その仲間内の間では、泣く子も黙る紋三でさ。江戸市中に十八人の腕利きの親分衆を抱えてる元締めですからね」

「それでも、たかが岡っ引ではないか」

「南町奉行の大岡様が直々に十手を預けた腹心の部下みたいなものです。こうして、弥勒寺に潜り込ませていたってことが、何よりの証です」

「証……?」

「もしかしたら、『薩摩屋』のことだけではなく、俺たち天一坊一党のことに予《あらかじ》め気づいて、入っていたかもしれやせんよ」

「それは勘繰りすぎだ。おまえたちも見たであろう。あの岡っ引の驚きぶりを……俺たちのことは、気づいていなかった」

確信に満ちた顔で言った赤川に、半蔵は首を振って、

「そうかもしれやせんが、町奉行はそれを織り込み済みで、紋三を忍ばせたのかもしれませんぜ。万が一のことがあっても、紋三なら、何とかすると……それほど信頼の篤い十手持ちなんでさ」

「ふん……」

鼻で笑った赤川に、半蔵はもう一度、甘く見てはいけないと念押しするが、

「つべこべ言わずに、仕掛けを外せ。中には二万両の金がある。それを軍資金にして、世直しに打って出ることを忘れるな。それこそが、天一坊様の願いなのだぞ」

「へえ……重々、承知してやす」

半蔵は幾重にもなっていそうな裏堂の小さな扉を、慎重に調べていた。

一方——。

賊の隙を見て本堂から離れ、裏庭に逃げようとしていた尼の姿があった。境内の庫裏の配置や地形に詳しいのか、巧みに姿を隠しているものの、紋三の目には怪しく映った。

見つかればすぐに矢を射られるかもしれぬ。

思わず紋三が動くと、見張りの鎧武者が、

「何をしておる、岡っ引」

「えっと、ちょいと小便に……」

「怪しいのう。我慢しておれ」

「でも、実は腹の調子が悪くて……あっしは甘いものがねえとどうも具合が……」

プッと屁《へ》をこいた。すぐ後ろにいた季兵衛が思わず鼻を摘《つま》んだ。

「ええいッ。その手水場《ちょうずば》の裏手に厠《かわや》があるから、そこでやれ。下手な真似をすると、そのケツに槍が突き立つぞ」

「へえ……」

紋三が厠の方へ行くと、見張りの者がふたりもついてきた。

丁度、松などの木が目隠しになって、本堂の方からは見えない。紋三は厠に入ろうと扉を開けた次の瞬間、ドスドス——とふたりの見張りの喉に指拳を突き立てて息を止め、首の骨に手刀を落として、その場に倒した。

その男が差していた刀を鞘《さや》ごと奪うと、紋三はすぐさま物陰を這《は》うようにして、先程見た尼を追った。

すると、尼は裏門近くの植え込みに隠れようとしたところを、見張り番に見つかった。すぐに駆けつけてきて、

「尼ッ。何処へ行くつもりだ」

「あ、いえ、私は……」

困惑した声で、尼は言い繕おうとしたが、見張り番は容赦なく、

「逃げる者は誰であろうと殺せと、天一坊様から命じられておる。覚悟せい」

と槍で突こうとした。その顔に石礫《いしつぶて》が飛んできて命中した。

「なッ——！」

振り返った顔面にガツンと紋三の拳骨が食い込み、声も出さずにその場に崩れた。

「紋三親分……」

思わず尼が小さな声を漏らした。

よく見ると、尼の姿をしていたのは、なんと——桃香ではないか。

「おまえ、どうして……!?」

紋三はこのオキャンな娘が、讃岐綾歌藩の〝若君〟であることを承知している。桃太郎君は実は女であり、藩主の松平讃岐守に跡取りがいないから、公儀には男として届けているのだが、紋三にとって、そんな事情はどうでもよかった。ただ、桃太郎の生まれつきの性分なのか、正義感と野次馬根性が入り混じって、なんだかんだと探索に首を突っ込んでくることが気になっていた。

——もしや、今回も……。

と紋三が思っていると、案の定、藩邸の中で、城之内らが話していた抜け荷一味のことを聞きつけ、密かに忍び込んでいたという。尼のふりをしていたのは、ここは本来、駆け込み寺なので、それを利用したという。

「この寺で『薩摩屋』が抜け荷を捌くと聞いてから、私はもう居ても立ってもいられなくなって、深川の岡場所から逃げてきた遊女ということで、助けを求めたのです」

「またまた危ない真似を……城之内様が知ったら腰を抜かすぞ」

「大丈夫です。いつものように、こっそりと抜け出しておりますれば。というより、左膳がすぐさま手を打たないから、こういうことになるのです」

「というと……？」

紋三が不思議そうに聞き返すと、桃香は妙に嬉《うれ》しそうな笑みを浮かべて、

「私は、抜け荷の裏にまだ何かあると睨んでいたのです」

と声をひそめた。

「抜け荷を買いに来た人たちは、天一坊が現れて驚いてましたね。紋三親分もそうでした。でも、私は、もしかして……と前々から思っていたのです」

「天一坊のことを知っていたのか」

「私も一応は……ええ、一応はですよ……徳川家一門です。だから、町場に出るたびに、天一坊一党の動きを、密かに探っていたんですよ」

桃香はハッキリと自分の身分を明らかにするようなことを言った。将軍から見れば、いとこの嫁ぎ先の子ということになるのだから、紋三の方が戸惑ったくらいだが、

「よく聞いて下さいね」

と続けた。

「天一坊が本当に上様の御落胤かどうかは、まだ分かりません……でも、天一坊を御輿《みこし》として担いで、諸国の浪人たちが集まって、何か事を起こそうとしていることは事実です」

「何をしようってんだ？」

「分かりません。でも、こうして現実に『薩摩屋』が抜け荷で稼いだ金を盗むために入ってきたんですよ」

まだ盗み出されたわけではないが、桃香は確信したという。

「すでに、家老役の赤川が、裏堂にある蔵をこじ開けようとしてます。初手から狙いは、そこにあったのかもしれません」

「うむ……いわば隠し金を盗むつもりだな。それを一体何に……」

「手下たちには、世直しのために、不法に荒稼ぎをした『薩摩屋』の金を使うと話しています。けれど、私にはそうは思えません」

「他に狙いがあると？」

「いえ、そうではなくて……」

と言いかけたとき、少し離れた所から、

「これ、そこに誰かおるのか……おお、桃香ではないか」

声をかけてきたのは清蓮であった。

「かようなところを見られたら、あの賊どもに殺される。早《はよ》う、こっちに来りゃれ。私と一緒にいるのが、一番の安心じゃ」

桃香は実は、寺から抜け出して、城之内に報せて、抜け荷に加担していた寺社奉行の悪行を暴き、その上で、幕府の軍勢を一挙に踏み込ませようとしていた。そのことを、清蓮に伝えようとすると、

「清蓮！　そこで何をしておる！」

赤川の声が聞こえた。

――まずい。

と思った桃香は、目顔で紋三に後を託した。幸い清蓮や赤川たちの目から、紋三の姿は見えないからだ。十八の小娘の割には、しっかりとしていると紋三は妙に感心し、桃香の思いを受け止めて、必ずや助けに戻ってくると誓った。

桃香は清蓮に招かれるままに、本堂の方へ戻っていった。

「まさに……もし、本当の若君……男だったら、いい殿様になるかもしれねえな……娘心もあろうが、このまま若君として過ごし、殿様になるのも悪くないので

はないか」

と紋三はチラリと思った。

一刻も早く、大岡に報せて善処をせねばなるまいと、裏手の竹藪《たけやぶ》に駆け込もうとしたときである。

「なんだ、これは！　誰の仕業だ！」

と大声が上がった。

「あっ！　紋三がいないぞ！　厠にもいないぞ！　しかも、仲間が殺されている！　見張り役がふたりとも、刀で刺し殺されている！　紋三のせいに違いない。探せ、探せ！」

天一坊の家来たちの声が聞こえる。あっという間に、寺の中は騒然となった。

「どういうことだ……俺は殺してなんかいねえぞ……!?」

妙だと紋三は感じたが、そのまま寺から出ようとした。だが、塀の外にも浪人たちの見張りが増え、境内にも甲冑武士の姿があからさまに目立つようになった。

「赤川様！　紋三の姿が何処にも見当たりませんッ。仲間を殺したのは、奴に違いありません！　赤川様！」

手下の誰かが悲痛な叫び声をあげた。それを受けて、天一坊も本堂の縁側に現

れ、境内で蹲《うずくま》っている人質たちに向かって、

「聞いたか、皆の衆。おまえたちが大切だと言った紋三という岡っ引は、真っ先に逃げ出した。それが、今のお上の姿をそのまま表しておるッ。民百姓のことなど、どうでもいい。我さえ良ければ、それでよい。抜け荷をしたところで、何の咎《とが》めもせず、寺社奉行の板倉のように自分も濡《ぬ》れ手で粟《あわ》。そういう輩に政事を任せておっては、この世は闇だ。さあ、皆の衆！　もう、お上に頼るのはやめにして、我らが我らのための極楽浄土を作ろうではないか！」

朗々と人々に訴え続けた。その姿は、後光すら射《さ》しているように見える。人質たちは、天一坊をまるで神仏を崇《あが》めるように、見上げるのであった。

五

「妙だ……誰が殺《や》ったんだ……」

いずれの甲冑武士や浪人に対しても、紋三は素手で気絶させただけである。もしかしたら、紋三以外に誰か目付《めつけ》でも忍び込んでいて、天一坊一党の者たちを突き崩すために、殺したのであろうか。

桃香ですら、天一坊一党のことを摑んでいたのだから、何者かが潜んでいたとしても不思議ではない。だが、天一坊も赤川も、紋三の仕業だと思っている。しかも、赤川は自分の手下を血の犠牲にされたことで、逆上している。自分たちも無慈悲に角右衛門を殺したくせに、仲間の死に対しては異様なほどの怒りを見せた。

――どうする……。

このまま放っておいて外へ出ることができたとしても、また町人の誰かが犠牲になるかもしれぬ。紋三は身を隠しながら、様子を見ることにした。

「紋三はどこだ！　おまえも殺してやる！　出て来い！　出てこないと、ここにいる町人を殺すぞ！　おまえが守ると言った町人たちが死んでもいいのか！」

赤川が激しい怒鳴り声を上げて、境内に蹲ったままの町人たちの前に立った。

「怖《お》じ気《け》づいたか、紋三！　そんなに自分の命が惜しいか！」

叫び続ける赤川の顔は常軌を逸している。兢々と怯える人々の姿を見ていたのか、思わず清蓮が本堂の縁側に出てきて、

「およしなさい」

と強い口調で言った。化粧っけのない顔には、怒りが満ちている。

「町人たちをいたぶって何になると言うのですか。あなた方の本当の狙いは何なのですか。ハッキリおっしゃりなさい」

殺される覚悟を決めたのか、清蓮は自らの体を犠牲にするように、厳しい表情を投げかけた。揺るぎない意志のこもった瞳だ。

「仏道を汚す輩は、自《おの》ずから滅んで行くことが分からぬのですか。必ずや天罰が下りましょうぞ！」

清蓮の言葉に、赤川は動じるどころか、ほくそ笑んで、

「よう言うた、このクソ尼めが」

「無礼な。仏に仕える身なのですぞッ」

「ふん。仏の道が聞いて呆《あき》れるぜ」

赤川の言葉が少しばかり伝法になって、態度も武士というよりは、乱暴なならず者のように変わった。

「仏の道だと？　へそが茶を沸かすとは、このことだ。それとも、この寺の弥勒菩薩様は、泥棒を推奨してるのか」

「なんですと……」

「惚けても仕方があるまい、清蓮さんよ……いや、尼どころか、それこそ元は素

性の分からぬ大泥棒かもしれんがな」

眼を細めて鋭く睨みつけると、清蓮は一瞬、ピクリと瞼《まぶた》を震わせた。

「出鱈目《でたらめ》ばかりを言うと承知しませんぞ。自分たちの悪事を隠すために、私を貶《おとし》めようというのですか」

「白々しいことを言うな。紋三とやらも見抜いていたとおり、おまえは『薩摩屋』と結託して抜け荷をしていた仲間に他ならぬ。その証に、この寺を売り捌く所として使っているではないか」

「……」

「裏堂の鍵を開けるのは、少々、難儀しておる。素直に手伝った方が身のためだぞ」

「知らぬと言うたではありませぬか」

「だがな清蓮……おまえと『薩摩屋』角右衛門との関わりは、実は前々から、天一坊様はご存じである。なぜならば実は、角右衛門とおまえの後ろ盾であった寺社奉行の板倉日向守は、すべてを吐いているからだ」

「嘘です。あの方がそんな……」

と言いかけて口を閉ざした清蓮に、赤川は大笑いをして詰めより、

「あの方がなんだ？　ほら。結託していた証ではないか。角右衛門なんぞ、利用されたに過ぎぬ。おまえもな、清蓮……」

「……」

「どうせ、どこぞで遊女でもしていたのであろう。女好きの板倉に抱かれて、尼に仕立てられたか。だが、もはや、おまえが生き抜く目はないぞ。板倉は今頃は、切腹を命じられているであろうよ」

その混乱に乗じて、天一坊一党は、二万両もの隠し金を奪おうとしているのだ。刀で脅されようとも、清蓮は意地でも裏堂の鍵を開けるつもりはなかった。

「さようか。ならば、やはり無用だ。死んで貰うしかないな」

「！……」

「なに、おまえとて角右衛門の仲間。天一坊様が成敗されるのだから、有り難く思え」

赤川が冷徹な目で刀を構えると、清蓮は箍《たが》が外れたかのように大笑いをした。

「こりゃ傑作だ」

「なに？」

「人を騙《だま》す上じゃ、おまえたちの方が何倍も上手だってことさね」

清蓮もガラリと変わって、蓮《はす》っ葉《ぱ》な態度になった。これには、赤川のみならず、様子を見ていた町人たちも驚いた。

「なんだい、その目《め》は……そうさ。あたしゃ、あんたが言ったとおり、板倉様に可愛《かわい》がられてた遊び女さね。清々《すがすが》しいくらい蓮っ葉だって褒められて、清蓮と名付けてくれたんだよう」

「——だったら尚更、斬り捨てたところで、仏道には背くことになるまい。おまえが偽尼なのだからな」

「ところが、どっこい！」

清蓮はその場に胡座《あぐら》を組んで、しゃがみ込んだ。

「おまえさんだって、盗賊の類じゃないのかい。天一坊だって本物かどうか分かったものじゃない。事実、こうして押し込みをして、『薩摩屋』を殺し、金を盗もうとしてる」

「盗むのではない。世のため人のために役立てるのだ」

「白々しい。では、言ってあげやしょう」

着物の袖をひょいと捲《まく》って、鮮やかで大きな蜘蛛《くも》の刺青《いれずみ》を見せた清蓮は、

「あんたは、天一坊の家老、赤川大膳などと名乗っているが、本当は、常楽院《じょうらくいん》と

いう山伏じゃねえか」

　とキッパリと言った。

　赤川はその刺青を見て、一瞬、答えに窮したものの、すぐさま居直ったように、

「さよう。おまえの言うとおり、儂は常楽院に間違いない。まだ元服前だった天一坊様をお預かりし、厳しい修行を共にしたのは、この儂だ」

「何が厳しい修行だよ。岡場所で女漁りするのが修行かねえ。あたしゃ、遊女さね。あんたを客にしたこともある。ちゃんと覚えてるんだ。この刺青がねえ」

「バカを言うな……」

「だったら、あんたの背中を見せてごらんな。立派な登り鯉《ごい》の刺青があらあな」

　気丈な態度で、清蓮が断言すると、赤川は苛々となって抜刀した。有無を言わさず斬るつもりである。だが、清蓮はパンと自分の首を叩きながら、さらに悪態をついた。

「やるなら、気持ちよくバッサリやっておくれな。苦しいのは嫌だぜ」

「……」

「修験者が世俗を断ち切るために、彫り物をするのはよくある話さね。あたしゃ、あの夜……あんたが客になった雪の夜、体の底の底まで、楽しませて貰いやした

ぜ。商売を忘れちまうくらいさあ……」

「おめえ……」

やはり赤川も覚えていたのだ。妙に馬があって、一晩中、同衾《どうきん》していたのを思い出したのである。たしかに雪の夜だった。寒い中、帰るのも億劫《おっくう》になったことが、赤川の頭の奥にじわじわと蘇《よみがえ》った。

清蓮は勝ち誇ったような顔になって、

「おまえさん、赤ん坊みたいに甘えてさ。何度も何度もあたしの体にしがみついて……それが天一坊一党の差配役とはねえ。あたしゃ、あんたが乗り込んできたときから、気づいてたのさ」

「……」

「こうなりゃ一蓮托生《いちれんたくしょう》さね……どうだい。昔馴染《なじ》みともう一度、懇ろになって、悪事の限りを尽くそうじゃないか、ねえ」

少しずつ清蓮の調子になってきて、赤川の表情には精彩が欠けてきた。天下国家を語るような人物ではなく、すっかり俗物の顔になったのである。

「だけど、本当に裏堂の開け方は、私も知らないんだ。角右衛門は用心深い男でね。私にはもちろん板倉様にすら、教えてなかったんだよ」

「まあよい。こっちには、その道の達人がおるゆえな」

そのやりとりを目の当たりにしていた町人たちは、

「一体、どういうことだ」

「おまえら、何をするつもりだ」

「清蓮も悪党だったのか」

「冗談じゃねえぞ。こんな所から、早く逃げようぜ」

「とんでもねえことに巻き込まれた」

「帰らせて貰う。『薩摩屋』の金を盗むなら、勝手にしやがれッ」

などと騒ぎながら、一挙に山門に向かい始めたが、

――ダダン！

また鉄砲が撃たれ、数人が怪我をして、その場に蹲った。

「私たちの仲を知られた上は、あたいたちが無事に遠くに逃げるまで、おまえたちにはこのまま人質になって貰うからね」

ガラリと人が変わった清蓮が、腸《はらわた》に響き渡るような声で脅した。

六

本堂の中では、桃香が驚いた顔で、清蓮と赤川のやりとりを見ていた。

――まさか、そんな……。

抜け荷を売り捌くことに、清蓮が加担をしているとは思ってもみなかった。その金を狙ってきた盗賊同然の輩と、五分五分の仲間になることも信じられなかった。

本尊の前で静かに座っている天一坊も、事の次第を聞いていたはずだ。

『薩摩屋』のような御定法破りをした者を成敗し、腐った政事に物申すつもりではなかったのか。むろん、桃香とて、天一坊が本物かどうか判断できないが、もし自分の縁者であるのなら、このような無頼の浪人を従えて、乱暴狼藉を働いていることを、断じて許すことができなかった。

「理不尽なことは、絶対に許せません」

いつもの桃香の気合いの言葉を、己に投げかけた。そして、少し離れた所の天一坊に、桃香は声をかけた。

「あなたは一体、誰なのですか……本当に天一坊様なのですか」

「……」

「お答え下さい。今、お聞きになったとおり、清蓮は赤川……いえ、常楽院という山伏と手を組みました。それでいいのですか。あなたの狙いどおりなのですか」

天一坊は黙然と本尊の前に座り続けているだけであった。

「ならば……勝手に話しますから、聞いて下さい」

桃香は天一坊の背中に向かって言った。

「私がこの弥勒寺に忍び込むために、清蓮に近づいたのは、抜け荷について調べたい思いもありましたが、あなたにも会ってみたかったからです」

「……？」

おやっという表情になった天一坊だが、桃香を振り返ることはなかった。ただ、目だけを少し動かした。

「私も、徳川家には縁《ゆかり》のあるものです。あえて身分は申しませぬが、この寺とは目と鼻の先に藩邸がある讃岐綾歌藩の者です。母は、吉宗公のいとこになります」

若君ではなく、実は姫君だということが、もし公になってしまえば、藩自体の存続に関わることは、桃香は百も承知だ。だが、どうしても、目の前の若者に本当のことを聞きたいという思いが強かった。

「父上のいとこ……では、松平讃岐守に嫁いだお菊の方様の……？」

不思議そうな顔になって、天一坊は体を向けた。自然と吉宗のことを「父上」と言ったことに、桃香はなんとなくホッとしたものを感じた。

「ご存じなのですか、母上を」

「かような所で、おば様の名を聞くとは思ってもみませなんだ」

「おば様……」

「いや。吉宗公のいとこにあたるお菊おば様には、私の母上の美奈が、大層、世話になったのだ……表沙汰にできぬ立場ゆえ、母上はまさに日陰暮らしをしていたのだが、父上から由緒書と脇差を預かってくれ、商家に嫁いだ母上のことを何かと面倒を見てくれていたらしいのだ」

「……」

「もちろん、讃岐守様のもとに嫁ぐ前のことだが、幼かった私にもよくしてくれた。母親は世間には秘密にしていたが、おば様は『おもざしが上様によう似ている』といつも話してくれていた」

「たしかに、よう似てらっしゃいます。いえ、私も数えるくらいしか、会ったことはありませんがね」

桃香がそう言ったとき、天一坊は「おや？」と首を傾げて、

「でも、たしか……綾歌藩は、若様の桃太郎君が一粒種だったとか……」

と訊くと、

「兄のことでございますね。私は妹でございます」

まごつくことなく、堂々と桃香は答えた。

「ああ、そうであったか……」

天一坊は何か言おうとしたが、身分のことをあれこれ詮索させないように、すぐに次の質問を浴びせた。

「あなた様が、正真正銘の天一坊様であることは、よく分かりました。私の母上とのことも、これまた縁でございましょう。だからこそ、正直にお答え下さい。あなた様は、本当に世直しをするために、『薩摩屋』のような法を犯した者を問答無用に殺すような真似をしてきたのですか」

「……」

「それとも、赤川……いえ常楽院の本性を知っていて、このような乱暴狼藉を働いてきたのですか」

桃香の真剣な眼差《まなざ》しに、天一坊は思わず目を伏せた。

「もしかして、常楽院には逆らえない何かがあって、言いなりになってるだけですか」

「……」

「吉宗公から、大名に取り立てるとのお墨付きを貰っている。だから、大名になった暁には家臣として取り立てるといって、浪人たちを集めてきたそうではないですか」

一気に迫るように、桃香は続けた。

「徳川一門だけでなく、老中若年寄ら幕閣の間でも、あなた様の噂は広がっております。上様も否定なさるどころか、お母上の美奈様のことも覚えておいでです」

「覚えている……」

天一坊の瞳がきらりと輝いた。

「はい。上様の御落胤でありますのなら、御一門のような扱いになり、新たな御家を立てることもしましょう。大名にもするかもしれません。そんな御仁が、かような不逞の輩とつるんでよいのでしょうか」

必死に今の状況を打開するよう、説得を試みる桃香だが、天一坊は首を振り、

「嘘だ……上様が、私に会いたいなどというのは嘘に決まっている」

「そのようなことはありません。家老の城之内たちからも耳にしました」

「ならば、何故、断ってきたのだ」

「え……？」

「私は何度も何度も、ご老中の水野忠之《みずのただゆき》様や南町奉行の大岡越前様を通して、上様にお目通り願えるよう取り計らって欲しいと、嘆願し続けてきたのだ。なのに梨の礫……」

「……」

「本当は、私のことなど認めたくもないし、歯牙にも掛けていないのでしょう」

「だったら、どうして大名に取り立てられるなどと嘘をついてまで、浪人を集めたりしたのですか……浪人を騙して、何をするつもりなのですか。上様憎しと、謀反でも起こすつもりなのですかッ」

思わず強い口調になったとき、背後から声がかけられた。

「そこまでにしておけ」

本尊の前まで来たのは、赤川こと常楽院であった。人の心の奥まで剔《えぐ》るような冷たい目つきで、家老ぶっていた風貌とはまったく違う面相になっている。

「小娘のくせに、どうやって清蓮に取り入ったのか不思議だったが、なるほど相当の遣り手と見える」

「あなたには言われたくありません」

「強がるのもここまでだ。話は少々、聞かせて貰ったが、徳川一門のお姫様ならば、これまた使いようがあるというもの」

欲の皮が突《つ》っ張《ぱ》ったような顔になる常楽院に、天一坊は何か言おうとしたが、

「天一坊様に、徳川一門の姫君が嫁げば、これまた安泰ではござらぬか」

「待て、常楽院……私は今一度、水野様か大岡様に頼んで、いや、この桃香姫に頼んで、上様にお目通り願おうと思う」

「なんですと？」

「さすれば、おまえたちとて、本当に大名の家臣になれるやもしれぬ。これまでのこととて、やむにやまれぬ事情で悪党を成敗してきたのではないか。『薩摩屋』のような奴らをな……それゆえ、上様が事実を知っても、お許し下さるに違いな

い」

「……」

「我々は少なくとも、陰で上様のことを、幕府のことを支えるために、治安に貢献していたのだ。であろう、常楽院」

切実な目で、天一坊は訴えたが、常楽院は小馬鹿にするように微笑を漏らし、

「ほんに天一坊様は、出家した頃から、何も変わりませぬな」

「うむ。志はひとつだ」

「だから、バカだってんですよ」

常楽院は今度は、吐き捨てるように言った。

「あなたが本物の御落胤だとしても、上様に捨てられただけの男です。それを拾ってやったのは、この私じゃないですか」

「おい。おまえ……」

「おまえ呼ばわりされるのは心外ですな。物乞い同然に霊山を転々としながら、食うに困らぬように修行させたのは、何処の誰でしたっけねえ……まさか、本気で霊力を身につけて、世の中を良くするなんて言い出すんじゃないでしょうな、三つ子じゃあるまいし」

「これまでも、天一坊様……あなたの名を借りて、散々、悪さをしてきたが、成敗したのは悪党よりも、むしろ罪もない善人の方が多かったかもしれませぬな」

居直って悪態をつく常楽院に、思わず天一坊は突っかかった。が、周りにいた手下たちがサッと取り押さえた。

「騙していたのか、常楽院！」

「人聞きの悪い。こやつら浪人たちも、みんな承知の介ですよ」

「なんと……!?」

「俺たちは簡単に言えば、人に言えない金を盗むのが専らの盗っ人でさあ」

「おのれッ」

「町人をここに押しとどめている限り、捕縛される心配もないし、顔をよく覚えておいて、今度は抜け荷を買ってたことで、後で脅すこともできるしな」

畳に打ち伏せられた天一坊は、悔し涙を零《こぼ》していた。その涙の染みを見ながら、

――紋三親分は、何をしているのです。遅いじゃないのッ……！

心の中で、桃香は叫んでいた。

「……」

七

その夜、遅く、常楽院は今までよりも怒りの強い鬼のような顔になって、寺の渡り廊下を歩いていた。境内のそこかしこに、篝火《かがりび》がたかれているが、薪能《たきぎのう》のような異様な雰囲気を醸し出していた。

「おい、娘！　おまえは何者だッ！」

常楽院は、すぐにでも首を刎ねる勢いで迫った。

桃香は天一坊とともに、庫裏の一室に閉じこめられていたのだ。

「讃岐綾歌藩に、姫君はおらぬ。桃太郎という若君だけとのことだ。娘……誰に頼まれて、この寺に忍び込んだ」

「いえ、私は……」

「誤魔化しても通じぬ。手の者が、江戸家老の城之内とやらに確かめてきた。若君は屋敷内におるそうだ。もっとも、時折、ふらふらと屋敷から出て困ると言ってたそうだが、姫君はおらぬとな」

「……」

「紋三と関わりがあるのか。清蓮の話では、おまえと紋三が密かに話していたところを、チラリと見たそうだが……」

詰め寄ろうとする常楽院に、桃香はもはやこれまでと覚悟をしたのか、

「バレちゃ仕方がありませんねえ……私が誰であろうと、あなたたちの悪事は悪事。キッチリと私が成敗をしてあげましょう」

「何様のつもりだ、小娘が」

部屋から引きずり出せと、常楽院が命じたとき、天一坊が庇うように立った。そして、決然とした態度で、

「もはや何を言っても無駄のようだな……まさか、おまえが私を謀っていたとは思いもよらなかった」

「……」

「まだ元服前の私を大切にし、修験の道を教えてくれた。仏の道、人の道、そして、いずれ来るべき為政者としての道を歩むために、多くのことを常楽院、おまえに教わったのに……いつから、そのような……」

「上様にお目通りが叶《かな》わぬと分かったからだよ」

「なんと……」

「たとえ本物の御落胤であったとしても、相手にされなきゃ話にならぬ。俺がおまえを大事に育てたのは、いずれ大名になり、その家老になることを夢見てのことだ」

「……」

「その夢が打ち砕かれたのなら、もはや道はひとつ……おまえを御輿として、盗賊まがいのことをするだけのこと」

常楽院は先刻、話したことを繰り返し、まだ利用できる天一坊は自分のもとに置いておくつもりであった。

「考えてもみよ、常楽院。かようなことが、いつまでも通用すると思うてか」

天一坊は自ら、これまでのことを畏《おそ》れながらと公儀に申し出て、すべての罪を被るつもりだと言った。もし、自分ひとりの処刑で済むのならば、常楽院や他の浪人たちの罪を軽減して貰うと、天一坊は言った。

「ふん。どこまで脳天気な御落胤だ。そのようなことが通じると、本気で思うておるのか、バカバカしい」

常楽院はあくまでも、この寺にある二万両と言われている金を持ち出して、浪人たちと山分けして逃げると言い張った。

「娘……もはや、おまえが何者かなどは、どうでもよい。死んで貰うぞ。やれ」

手下の浪人たちが連れ出そうとすると、桃香はひょいと相手の腕をねじ上げて突き飛ばし、他の浪人たちも小手投げや涙閻魔《なみだえんま》などの柔術の技で倒した。同時に、刀を抜き取って浪人たちを打ち落とすと、サッと切っ先を常楽院の喉元に伸ばした。

「うっ——!?」

小娘と見くびっていたがため、常楽院は不覚を取った。

「さあ。まずは、寺の中の人質たちを解き放ってあげなさい。でないと、喉に風穴が空くことになりますよ」

「おまえ……かなりの武芸の鍛錬をしておったのだな」

「感心してないで、言われたことをしなさい」

桃香が強く命じると、天一坊もすぐさま常楽院を羽交い締めにして、

「言うとおりにするがよい。私とて、恩人のおまえを殺したくはない。のう常楽院、一時の気の迷いであろう」

と言った。すると、今度は桃香の方が呆れ顔で、

「どこまでバカ殿なんだか。さあ、天一坊様。あなたが命じなさい。御輿であっ

ても、手下たちなのでしょ？」

　そのときである。渡り廊下を駆けてきた清蓮が歓喜の声を上げた。

「開きましたぞ、常楽院様。裏堂が見事に開きました。『薩摩屋』が貯《た》めに貯めた二万両余りの金が、どっさりと山のように！」

　勢いよく駆け込んできた清蓮は、唖然となって、目の前の状況を見た。

「こ、これは……」

「清蓮。おまえも観念するのだな」

　天一坊が言うと、清蓮はすぐさま翻って、

「知ったことか。常楽院、あんたの運もここまでだ。あの金はぜんぶ、私が戴《いただ》いて逃げるとするよ。浪人たちも、もはや、あんたのことなんぞ、どうでもいいだろうよッ」

　欲と裏切りに満《み》ち溢《あふ》れた清蓮の態度は、どうしようもなく醜悪だった。哀れですらあったが、桃香にはどうすることもできなかった。その隙に、清蓮は渡り廊下に戻り、裏堂にたむろしている浪人たちに、

「いいかい。今から、頭《かしら》はあたいだ。逆らうと、この蜘蛛が毒を吐くことになるぜ」

と刺青を見せて言ったが、その背後に近づいた大岩が、バッサリと清蓮を斬り捨てた。

「な……なんで……!?」

「欲を出したからだ。逆らう奴、下手を踏んだ奴は、殺す」

「も、もしかして……紋三を逃がした手下を斬ったのも……」

「ああ、俺だ。ドジを踏んだ奴は天一坊だろうが常楽院だろうが、知ったこっちゃねえ。俺たちは俺たちで勝手にするまでよ」

大岩は手下たちに声をかけて、千両箱をぜんぶ運び出せと命じた。常楽院もまた、野盗同然の浪人群団からは、心底、信頼されていたわけではなかったのだ。もしかしたら、天一坊を利用してきた常楽院という男を、これまたうまく使っただけのことかもしれぬ。

「常楽院……見たか。大岩たち浪人の醜い争いを……」

天一坊は己を責めるように言った。

「十両盗めば、百両欲しい、百両強奪すれば、千両とて構わぬ……そうやって、どんどん悪意や欲も増えていくのだ。諸国の霊山で修行をしていたときのように、もう一度、一から出直さぬか」

「バカを言うな……もはや、これまでッ」

ほんの一瞬の隙をついて、桃香から離れると、常楽院は脱兎《だっと》のごとく逃げて、

「大岩、てめえ！」

と駆け寄り、斬ろうとした。が、横合いから出てきた別の鎧武者が、長槍で常楽院の刀を叩き落とした。

「うぬッ。小岩、おまえまでッ！」

言いかけたとき、小岩は槍の柄で常楽院の鳩尾《みぞおち》を突き、グルリと廻して大岩の喉元も突いて、その場に倒させた。ふたりは藻掻きながらも、鎧武者に向かって、

「てめえまで……う、裏切るのか……」

と同時に言った。

「皆の者、出て来い！」

最後の力を振り絞って、常楽院が叫んだが、境内を見てアッと驚いた。

人質は誰もいないのだ。

大門は開いたままであり、いつの間に逃げたのか、ガランとしていた。常楽院は目を擦《こす》りながら、

「大岩……どういうことだ……」

「知るものか。こっちは裏堂にかかりきりだったんだからよ」

「妙じゃないか……手下はどうした。あれだけいた浪人たちも逃げたというのか……金を奪って……!?」

「慌てるねえ。金なら、裏堂にギッシリとある。中身も確かめた」

「では、どこに……」

怪訝そうに本堂から境内に降りた常楽院の目に、数十人の町奉行所の捕方が山門から乗り込んでくるのが見えた。

「!?——」

慌てて逃げ出そうとする常楽院に、小岩が槍の穂先を向けた。身動きできない常楽院を横目に、大岩は裏堂に向かおうとしたが、その前には天一坊が立ちはだかり、

「おまえひとりで、二万両もの金を運び出せると思うておるのか」

「て、天一坊……てめえにはガッカリだぜ」

斬りかかろうとするのへ、背後から鎧武者が槍で足を払った。そこに本所方同心の伊《い》藤洋三郎《とうようざぶろう》を先頭に、駆けつけてきた町方同心や捕方たちが、常楽院と大岩をふたりとも取り押さえた。

さらに、伊藤が小岩に向かって、

「槍を寄越せ。でないと……」

と言いかけると、鎧武者は槍を投げ捨て、兜を取った。

それは——なんと、紋三だったのだ。

「親分さん！」

桃香が駆け寄って、

「ようやく帰ってきてくれたんですね。ほんと、遅すぎますよ」

と笑いかけると、

「なに、俺はずっと寺の中にいたぜ。天一坊の手下で、本当の腕利きは、常楽院と大岩と小岩くらいのもの。それ以外の手下を暗くなってから、ひとりひとり襲って眠らせていったのだ。小岩も本堂の床下で眠ってるはずだ」

「ええ!?　——でも、その隙に、人質たちを逃がしたってわけですか」

「そういうことだ。一緒に逃げた『三嶋屋』の主人に、伊藤さんへの応援を頼んだんだ。大手柄になるだろうから、〝ぶつくさ〟の旦那も準備万端で乗り込んできたって寸法だ」

むろん、寺の周りの見張り番もすでに捕縛されている。町方同心や捕方たちは、境内のあちこちで気を失っている浪人たちも、引きずり出して縛り上げた。

その後——。

天一坊を、讃岐綾歌藩の〝若君〟の配慮で、吉宗に極秘に会わせようとしたが、大岡越前の反対にあって、叶うことがなかった。それどころか、浪人たちを従えて徒党を組んで、押し込み同然の罪を犯した咎人であるから、御落胤というのも、偽りだと片付けられた。

そして、鈴ヶ森《すずがもり》にて、配下の常楽院たちとともに、処刑されたのである。

父上の顔も見ることもできず、無念のうちに死んでいった天一坊の気持ちはいかばかりだったか。しかも、悪党に利用されていたのだ。紋三と桃香は、天一坊の心の痛みを感ぜずにはいられなかった。

桃香……いや桃太郎君は、弥勒寺のことを詳細に記して、吉宗に届けた。同様のことを紋三も大岡越前に言上したが、特に取り上げられることはなかった。

「紋三親分……私は此度《こたび》のことで、思ったことがあるんです」

いつものように、娘姿で町場に出てきた桃香は、茶店で団子を食べながら言った。

「自分が誰の子か、どうしてその家に生まれたか……そういうことに拘《こだわ》ると、自分で自分を苦しめたり、限られた考えや行いしかできないんじゃないかってね」

「かもしれねえな……」

「だからね。やっぱり私、紋三親分のもとで、ちゃんとした十手持ちになりたいと思う」

「は？　なんで、そうなるんだ」

「だって、此度だって縁の下の力持ちじゃないですか。岡っ引って、下手人が誰かとか推理するだけじゃなくて、命がけで人を助ける。だから私、そうしようと誓ったんです」

「バカを言うねえ」

「決めたんです」

梃子《てこ》でも動かないという顔で、桃香はパクリと団子をたいらげた。

「――そうかい……だったら、まずは、この前の抜け荷の一件で、人質になった者たちを、ひとりひとり探して訪ねて、罪は罪として贖《あがな》わせる。そういう地道な御用が、派手好きでオキャンな姫君に務まるかな？」

紋三はそう言ってから、

「俺はむしろ、若君の姿のまま、町場を歩いて悪い奴をやっつけた方が、胸がスッとすると思うがねえ」

「嫌です。若君の格好なんて、屋敷の中だけで十分です」

微笑んで立ち上がると、桃香は何処で手に入れたのか、ピカピカの十手をそっと出して、紋三に見せた。

「なんだか、元気が出てきた。じゃ、よろしくね！」

桃香は立ち上がると、ぶらぶらと富岡八幡宮の方へ歩いていった。

何を考えているのか、不思議な姫君だと思いながらも、紋三は頼もしく感じていた。

――いつかは、十八人衆に入れてやるか。いや、あの手合いは嫁にでも行けば、ころっとまた考えが変わるかもな。

青空を見上げながら、紋三は背伸びをしてから、

「おやじ。団子の追加と大福を頼むぜ」

と暢気《のんき》な声で注文した。

門前仲町は今日も、善男善女が集まって、賑わっている。紋三が甘いものを食って、ぼんやりしてるということは、江戸は平穏無事だということだ。

初出誌「月刊ジェイ・ノベル」

桃太郎姫　二〇一五年六月号
茄子の花　二〇一五年一〇月号
蛍雪の罪　二〇一六年三月号
おのれ天一坊　二〇一六年七月号

実業之日本社文庫 い10 3

桃《もも》太《た》郎《ろう》姫《ひめ》 もんなか紋三《もんぞう》捕物帳《とりものちょう》

2016年8月15日 初版第1刷発行

著 者 井《い》川《かわ》香《こう》四《し》郎《ろう》

発行者 岩野裕一
発行所 株式会社実業之日本社
〒153-0044 東京都目黒区大橋 1-5-1
クロスエアタワー8階
電話 [編集]03(6809)0473 [販売]03(6809)0495
ホームページ http://www.j-n.co.jp/
DTP 株式会社ラッシュ
印刷所 大日本印刷株式会社
製本所 株式会社ブックアート

フォーマットデザイン 鈴木正道(Suzuki Design)

ISBN978-4-408-55304-7（第二文芸）